पथ के साथी

पथ के साथी

महादेवी वर्मा

लोकभारती प्रकाशन

लोकभारती प्रकाशन
पहली मंजिल, दरबारी बिल्डिंग, महात्मा गांधी मार्ग
प्रयागराज-211 001
वेबसाइट : www.lokbhartiprakashan.com
ईमेल : info@lokbhartiprakashan.com

शाखाएँ : 1-बी, नेताजी सुभाष मार्ग, दरियागंज
नई दिल्ली-110 002
अशोक राजपथ, साइंस कॉलेज के सामने
पटना-800 006
1, अनमोल सोराबजी संतुक लेन, धोबी तलाव,
मरीन लाइंस, मुम्बई-400 002

पहला संस्करण : 1956
वर्तमान संस्करण : 2024

बी.के. ऑफसेट
नवीन शाहदरा, दिल्ली-110 032
द्वारा मुद्रित

PATH KE SATHI
by Mahadevi Verma

ISBN : 978-81-8031-118-5

मूल्य : ₹ 495

दो शब्द

साहित्यकार की साहित्य-सृष्टि का मूल्यांकन तो अनेक आगत-अनागत युगों में हो सकता है, परन्तु उसके जीवन की कसौटी उसका अपना युग ही रहेगा।

पर यह कसौटी जितनी अकेली है, उतनी निर्भ्रान्त नहीं। देश-काल की सीमा में आबद्ध जीवन न इतना असंग होता है कि अपने परिवेश और परिवेशियों से उसका कोई संघर्ष न हो और न यह संघर्ष इतना तरल होता है कि उसके आघातों के चिह्न शेष न रहें।

एक कर्म विविध ही नहीं, विरोधी अनुभूतियाँ भी जगा सकता है। खेल का एक ही कर्म जीतने वाले के लिए सुखद और हारने वाले के लिए दुःखद अनुभूतियों का कारण बन जाता है।

जो हमें प्रिय है, वह हमारे हित के परिवेश में ही प्रिय है और जो अप्रिय है, वह हमारे अहित के परिवेश में ही अपनी स्थिति रखता है। यह अहित, प्रत्यक्ष कर्म से सूक्ष्म भाव-जगत तक फैला रह सकता है। हमारे दर्शन, साहित्य आदि विविध साधनों से प्राप्त संस्कार, हमें अपने परिवेश के प्रति उदार बनाने का ही लक्ष्य रखते हैं। पर, मनुष्य का अहम प्रायः उन साधनों से विद्रोह करता रहता है।

अपने अग्रजों और सहयोगियों के सम्बन्ध में अपने आप को दूर रखकर कुछ कहना सहज नहीं होता। मैंने साहस तो किया है, पर ऐसे स्मरण के लिए आवश्यक निर्लिप्तता या असंगता मेरे लिए संभव नहीं है। मेरी दृष्टि के सीमित शीशे में वे जैसे दिखायी देते हैं, उससे वे बहुत उज्ज्वल और विशाल हैं, इसे मानकर पढ़ने वाले ही उनके कुछ झलक पा सकेंगे।

प्रयाग
श्रावणी पूर्णिमा
1956

महादेवी

अनुक्रम

स्व० कवीन्द्र रवीन्द्रनाथ ठाकुर

जन्म--सन् १८६१ ई० निधन--सन् १९४१ ई०

कवीन्द्र रवीन्द्रनाथ ठाकुर जी की हस्तलिपि

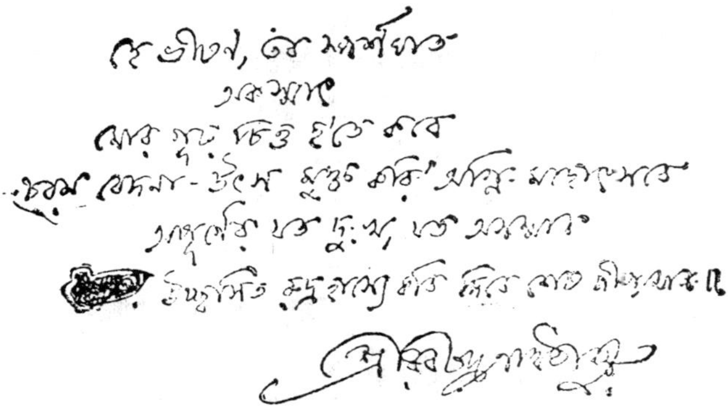

प्रणाम
रवीन्द्रनाथ ठाकुर

कार्य और कारण में चाहे जितना सापेक्ष सम्बन्ध हो किन्तु उनमें एकरूपता, नियम का अपवाद ही रहेगी। बिजली की तीखी उजली रेखा में मेघ का विस्तार नहीं देखा जाता और सौरभ की व्याप्ति में फूल का रूप-दर्शन संभव नहीं होता।

इसी प्रकार साहित्य की सामान्य अनुभूति और साहित्यकार के व्यक्तिरूप में समानता पाना प्रायः कठिन हो जाता है। कभी-कभी तो ये दोनों इतने अनमिल ठहरते हैं कि साहित्य से उत्पन्न पूजा-भाव व्यक्ति तक पहुँच कर अवज्ञा बन जाता है या व्यक्ति-परिचय से उत्पन्न आसक्ति छलक कर साहित्य को धबीला कर देती है।

कवीन्द्र रवीन्द्र उन विरल साहित्यकारों में थे जिनके व्यक्तित्व और साहित्य में अद्भुत साम्य रहता है। जहाँ व्यक्ति को देखकर लगता है मानो काव्य की व्यापकता ही सिमट कर मूर्त हो गयी है और काव्य से परिचित होकर जान पड़ता है मानो व्यक्ति ही तरल होकर फैल गया है।

●

मुख की सौम्यता को घेरे हुए वह रजत आलोक-मण्डल जैसा केश-कलाप। मानो समय ने ज्ञान को अनुभव के उजाले झीने तन्तु में कात कर उससे जीवन का मुकुट बना दिया है। केशों की उज्ज्वलता के लिए दीप्त दर्पण जैसे माथे पर समानान्तर रहकर साथ चलने वाली रेखाएँ जैसे लक्ष्य-पथ पर हृदय के विश्राम-चिह्न हों।

कुछ उजली भृकुटियों की छाया में चमकती हुई आँखें देखकर हिम रेखा से घिरे अथाह नील जल-कुण्डों का स्मरण हो आना ही संभव था। दृष्टि-पथ की बाह्य सीमा छूते ही वे जीवन के रहस्य-कोष सी आँखें, एक स्पर्श-मधुर सरलता राशि-राशि बरसा देती थीं अवश्य, परन्तु उस परिधि के भीतर पैर धरते ही वह सहज आमंत्रण दुर्लंघ्य सीमा बन कर हमारे अन्तरतम का परिचय पूछने लगता था। पुतलियों की श्यामता से आती हुई रश्मि-रेखा जैसी दृष्टि से हमारे हृदय का निगूढ़तम परिचय न

छिप सकता था और न बहुरूपिया बन पाता था।

अतिथि का हृदय यदि अपने मुक्त स्वागत का मूल्य नहीं आँक सकता, उसकी गहराई की थाह नहीं ले सकता तो उसे, उस असाधारण जीवन के परिचय भरे द्वार से अपरिचित ही लौट आना पड़ता था।

प्रत्येक बार पलकों का गिरना-उठना मानों हमीं को तोलने का क्रम था। इसी से हर निमिष के साथ कोई अपने-आपको सहृदय कलाकार के एक पग और निकट पाता था और कोई अपने-आपको एक पग और दूर।

उस व्यक्तित्व की, अनेक शाखाओं-उपशाखाओं में फैली हुई विशालता, सामर्थ्य में और अधिक सघन होकर किसी को उद्धत होने का अवकाश नहीं देती, उसकी सहज स्वीकृति किसी को उदासीन रहने का अधिकार नहीं सौंपती और उसकी रहस्यमयी स्पष्टता किसी को कृत्रिम बंधनों से नहीं घेरती। जिज्ञासु जब कभी साधारण कुतूहल में बिछलने लगता था तब वह स्नेह-तरलता हिम का दृढ़ स्तर बन जाने वाले जल के समान कठिन होकर उसे ठहरा लेना नहीं भूलती। इसी से उस असाधारण साधारणता के सम्मुख हमें यह समझते देर नहीं लगती थी कि मनुष्य मनुष्य को कुतूहल की संज्ञा देकर स्वयं भी अशोभन बन जाता है।

प्रशांत चेतना के बंधन के समान, मुख पर बिखरी रेखाओं के बीच में उठी हुई सुडौल नासिका को गर्व के प्रमाण-पत्र के अतिरिक्त कौन सा नाम दिया जावे। पर वह गर्व मानो मनुष्य होने का गर्व था, इतर अहंकार नहीं; इसी से उसके सामने मनुष्य, मनुष्य के नाते प्रसन्नता का अनुभव करता था, स्पर्धा या ईर्ष्या का नहीं।

दृढ़ता का निरन्तर परिचय देने वाले अधरों से जब हँसी का अजस्र प्रवाह बह चलता था तब अभ्यागत की स्थिति वैसी ही हो जाती थी जैसी अडिग और रंध्रहीन शिला से फूट निकलने वाले निर्झर के सामने सहज है। वह मुक्त हास स्वयं बहता, हमें बहाता तथा अपने हमारे बीच के विषम और रूखे अन्तर को अपनी आर्द्रता से भरकर कम कर देता था। उसका थमना हमारे लिए एक संगीत-लहरी का टूट जाना था जो अपनी स्पर्शहीनता से ही हमारे भावों को छू-छूकर जगाती हुई बह जाती है। वाणी और हास के बीच की निस्तब्धता में हमें उस महान जीवन के संघर्ष और श्रान्ति का एक अनिर्वचनीय बोध होने लगता था, परन्तु वह बोध, हार-जीत की न जाने किस रहस्यमय संधि में खड़े होकर दोहराने तिहराने लगता था... 'तुम इसे हार न कहना, क्लान्ति न मानना।'

अपनी कोमल उँगलियों से, असंख्य कलाओं को अटूट बंधन में बाँधे हुए,

अपने प्रत्येक पद-निक्षेप को, जीवन की अमर लय का ताल बनाये हुए कलाकार जब आँखों से ओझल हो जाता था तब हम सोचने लगते, हमने व्यक्ति देखा है या किसी चिरन्तन राग को रूपमय!

●

युग के उस महान संदेशवाहक को मैंने तीन विभिन्न परिवेशों में देखा है और उनसे उत्पन्न अनुभूतियाँ कोमल प्रभात, प्रखर दोपहरी और कोलाहल में विश्राम का संकेत देती हुई संध्या के समान हैं।

महान साहित्यकार अपनी कृति में इस प्रकार व्याप्त रहता है कि उसे कृति से पृथक रखकर देखना और उसके व्यक्तिगत जीवन की सब रेखाएँ जोड़ लेना कष्ट-साध्य ही होता है। एक को तोलने में दूसरा तुल जाता और दूसरे को नापने में पहला नप जाता है। वैसे ही जैसे घट के जल का नाप-तोल घट के साथ है और उसे बाहर निकाल लेने पर घट के अस्तित्व-अनस्तित्व का कोई प्रश्न ही नहीं उठता।

बचपन में जैसे रामचरितमानस के दोहे-चौपाइयों में तिलक-तुलसी-कंठी युक्त गोस्वामी जी का चित्र नहीं दृष्टिगत हुआ, रघुवंश के कथा-क्रम में जैसे शिखा, उपवीत युक्त कवि-कुलकुरु कालिदास की जीवन-कथा अपरिचित रही, वैसे ही गीतांजलि के मधुर गीतों में मुझे कवीन्द्र रवीन्द्र की सुपरिचित दुग्धोज्ज्वल दाढ़ी फहराती हुई नहीं मिली। कथा का सूत्र टूटने पर ही तो श्रोता कथा कहने वाले के अस्तित्व का स्मरण करता है।

वस्तुतः कवीन्द्र के व्यक्तिरूप और उनके व्यक्तिगत जीवन का अनुमान मुझे जिन परिस्थितियों में हुआ उन्हें नितान्त गद्यात्मक ही कहा जायेगा।

हिमालय के प्रति आसक्ति जन्मजात है। उसके पर्वतीय अंचलों में भी मौन हिमानी और मुखर निर्झरों, निर्जन वन और कलरव-भरे आकाश वाला रमगढ़ मुझे विशेष रूप से आकर्षित करता रहा है। वहीं नंदा देवी, त्रिशूली आदि हिम-देवताओं के सामने निरन्तर प्रणाम में समाधिस्थ जैसे एक पर्वत-शिखर के ढाल पर कई एकड़ भूमि के साथ एक छोटा बँगला कवीन्द्र का था जो दूर से उस हरीतिमा में पीले केसर के फूल जैसा दिखायी देता था। उसमें किसी समय वे अपनी रोगिणी पुत्री के साथ रहे थे और संभवतः वहाँ उन्होंने 'शान्ति-निकेतन' जैसी संस्था की स्थापना का स्वप्न भी देखा था; पर रुग्ण पुत्री की चिरविदा के उपरान्त रामगढ़ भी उनकी व्यथा भरी स्मृतियों का ऐसा संगी बन गया जिसका सामीप्य व्यथा का सामीप्य बन जाता है।

परिणामतः उनका बँगला किसी अंग्रेज अधिकारी का विश्राम हो गया।

जिस बँगले में मैं ठहरा करती थी, उसमें मुझे अचानक एक ऐसी अल्मारी मिल गयी जो कभी कवीन्द्र के उपयोग में आ चुकी थी।

उसके असाधारण रंग, अनोखी बनावट तथा वनतुलसी की गंध से सुवासित और बुरुंश के फूलों की लाल और जंगली गुलाब की सफेद पंखुड़ियों का पता देने वाली दराजों ने मौन में जो कहा उसे मेरी कल्पना ने रंगीन रेखाओं में बाँध लिया। हमारे प्रत्यक्ष ज्ञान में भी कल्पना और अनुमान अपना धूपछाँही ताना-बाना बुनते रहते हैं। ऐसी स्थिति में यदि उन्हें प्रत्यक्ष ज्ञान की सीमा से परे निर्बंध सृजन का अधिकार मिल सके तो उनकी स्वच्छन्द क्रियाशीलता के सम्बन्ध में कुछ कहना ही व्यर्थ है।

बँगले के अँग्रेज स्वामी ने अत्यंत शिष्टाचारपूर्वक मुझे भीतर-बाहर सब दिखा दिया, पर उसके सौजन्य के आवरण से विस्मय भी झलक रहा था। सम्भवतः ऐसे दर्शनार्थी विरल होने के कारण। बरामदा, जिसकी छोटे-मोटे शीशोंमय खिड़कियों पर पड़कर एक किरण अनेक ज्योति-बूँदों में बिखर-सँवर कर भीतर आती थी, द्वार पर सुकुमार सपनों जैसी खड़ी लताएँ जिनका हर ऋतु अपने अनुरूप शृंगार करती थी, देवदारु के वृक्ष जिनकी शाखाएँ निर्बाध प्रतीक्षा में झुकी हुई-सी लगती थीं; आदि ने कवि-कथा की जो संकेतलिपि प्रस्तुत की, उसमें आसपास रहने वाले ग्रामीणों ने अपनी स्मृति से मानवी रंग भर दिया। किसी वृद्ध ने सजल आँखों के साथ कहा कि उस महान पड़ोसी के बिना उसके बीमार पुत्र की चिकित्सा असंभव थी। किसी वृद्ध ग्वालिन ने अपनी बूढ़ी गाय पर हाथ फेरते हुए तरल स्वर में बताया कि उनकी दवा के अभाव में उसकी गाय का जीवन कठिन था। किसी अछूत शिल्पकार ने कृतज्ञता से गद्‌गद कंठ से स्वीकार किया कि उनकी सहायता के बिना उसकी जली हुई झोपड़ी का फिर बन जाना कल्पना की बात थी।

सम्बलहीन मानव से लेकर खड्ड में गिरकर टाँग तोड़ लेने वाले भूटिया कुत्ते तक के लिए उनकी चिंता स्वाभाविक और सहायता सुलभ रही, इस समाचार ने कल्पना-विहारी कवि में सहृदय पड़ोसी और वात्सल्य भरे पिता की प्रतिष्ठा कर दी। इसी कल्पना-अनुमानात्मक परिचय की पृष्ठ-भूमि में मैंने अपने विद्यार्थी-जीवन में रवीन्द्र को देखा।

जैसे धृतराष्ट्र ने लौह-निर्मित भीम को अपने अंक में भरकर चूर-चूर कर दिया था—वैसे ही प्रायः पार्थिव व्यक्तित्व कल्पना-निर्मित व्यक्तित्व को खंड-खंड कर देता है। पर इसे मैं अपना सौभाग्य समझती हूँ कि रवीन्द्र के प्रत्यक्ष दर्शन ने मेरी कल्पना-

प्रतिमा को अधिक दीप्त सजीवता दी। उसे कहीं से खंडित नहीं किया गया। पर उस समय मन में कुतूहल का भाव ही अधिक था जो जीवन के शैशव का प्रमाण है।

दूसरी बार जब उन्हें 'शांति-निकेतन' में देखने का सुयोग्य प्राप्त हुआ तब मैं अपना कार्यक्षेत्र चुन चुकी थी। वे अपनी मिट्टी की कुटी श्यामली में बैठे हुए ऐसे जान पड़े मानो काली मिट्टी में अपनी उज्ज्वल कल्पना उतारने में लगा हुआ कोई अद्भुतकर्मा शिल्पी हो।

तीसरी बार उन्हें रंगमंच पर सूत्रधार की भूमिका में उपस्थित देखा। जीवन की संध्या वेला में 'शांति-निकेतन' के लिए उन्हें अर्थ-संग्रह में यत्नशील देखकर न कुतूहल हुआ न प्रसन्नता; केवल एक गंभीर विषाद की अनुभूति से हृदय भर आया। हिरण्यगर्भा धरतीवाला हमारा देश भी कैसा विचित्र है! जहाँ जीवन-शिल्प की वर्णमाला भी अज्ञात है वहाँ वह साधनों का हिमालय खड़ा कर देता है और जिसकी उँगलियों में सृजन स्वयं उतरकर पुकारता है उसे साधन-शून्य रेगिस्तान में निर्वासित कर जाता है। निर्माण की इससे बड़ी विडम्बना क्या हो सकती है कि शिल्पी और उपकरणों के बीच में आग्नेय रेखा खींच कर कहा जाय कि कुछ नहीं बनता या सब कुछ बन चुका!

कल्पना के सम्पूर्ण वायवी संसार को सुन्दर-से-सुन्दरतम बना लेना जितना सहज है; उसके किसी छोटे अंश को भी स्थूल मिट्टी में उतारकर सुन्दर बनाना उतना ही अधिक कठिन रहता है। कारण स्पष्ट है। किसी सुन्दर कल्पना का अस्तित्व किसी को नहीं अखरता, अतः किसी से उसे संघर्ष नहीं करना पड़ता। पर प्रत्यक्ष जीवन में तो एक के सुन्दर निर्माण से दूसरे के कुरूप निर्माण को हानि पहुँच सकती है। अतः संघर्ष सृजन की शपथ बन जाता है। कभी-कभी तो यह स्थिति ऐसी सीमा तक पहुँच जाती है कि संघर्ष साध्य का भ्रम उत्पन्न कर देता है।

अपनी कल्पना को जीवन के सब क्षेत्रों में अनंत अवतार देने की क्षमता रवीन्द्र की ऐसी विशेषता है जो अन्य महान साहित्यकारों में भी विरल है।

भावना, ज्ञान और कर्म जब एक सम पर मिलते हैं तभी युगप्रवर्तक साहित्यकार प्राप्त होता है। भाव में कोई मार्मिक परिष्कार लाना, ज्ञान में कुछ सर्वथा नवीन जोड़ना अथवा कर्म में कोई नवीन लक्ष्य देना, अपने आप में बड़े काम हैं अवश्य; परन्तु जीवन तो इन सबका सामंजस्य पूर्ण संघात है, किसी एक में सीमित और दूसरों से विच्छिन्न नहीं। बुद्धि-हृदय अथवा कर्म के अलग-अलग लक्ष्य संसार को दार्शनिक, कलाकार या सुधारक दे सकते हैं, परन्तु इन सबकी समग्रता नहीं। जो जीवन को सब

ओर से एक साथ स्पर्श कर सकता है उस व्यक्ति को युग-जीवन अपनी सम्पूर्णता के लिए स्वीकार करने पर बाध्य हो जाता है। और ऐसा, व्यापकता में मार्मिक स्पर्श साहित्य में जितना सुलभ है उतना अन्यत्र नहीं। इसी से मानवता की यात्रा में साहित्यकार जितना प्रिय और दूरगामी साथी होता है उतना केवल दार्शनिक, वैज्ञानिक या सुधारक नहीं हो पाता। कवीन्द्र में विश्व-जीवन ने ऐसा ही प्रियतम सहयात्री पहचाना, इसी से हर दिशा से उन पर अभिनंदन के फूल बरसे, हर कोने से मानवता ने उन्हें अर्घ्य दिया और युग के श्रेष्ठतम कर्मनिष्ठ बलिदानी साधक ने उनके समक्ष स्वस्ति-वाचन किया।

यह सत्य है कि युग के अनेक अभावों की अभिशप्त छाया से वे मुक्त रह सके और जीवन के प्रथम चरण में ही उनके सामने देश-विदेश का इतना विस्तृत क्षितिज खुल गया जहाँ अनुभव के रंगों में पुरानापन सम्भव नहीं था। परन्तु इतना ही सम्बल किसी को महान साहित्यिक बनाने की क्षमता नहीं रखता। थोड़े जलवाले नदी-नाले कहीं भी समा सकते हैं, परन्तु सम्पूर्ण वेग के साथ सहस्त्रों धाराओं में विभक्त होकर आकाश की ऊँचाई से धरती के विस्तार में उतरनेवाली गंगा के समाने के लिए शिव का जटाजूट ही आवश्यक होगा और ऐसा शिवत्व केवल बाह्य सज्जा या सम्बल में नहीं रहता।

रवीन्द्र ने जो कुछ लिखा है उसका विस्तार और परिमाण हृदयंगम करने के लिए हमें यह सोचना पड़ता है कि उन्होंने क्या नहीं लिखा।

जीवन के व्यापक विस्तार में बहुत कम ऐसा मिलेगा जिसे, उन्होंने, नया आलोक फेंककर नहीं देखा और देखकर जिसकी नयी व्याख्या नहीं की। जीवन के व्यावहारिक धरातल पर अथवा सूक्ष्म मनोजगत में उन्हें कुछ भी इतना क्षुद्र नहीं जान पड़ा जिसकी उपेक्षा कर बड़ा बना जा सके, कोई भी इतना अपवित्र नहीं मिला जिसके स्पर्श के बिना व्यापक पवित्रता की रक्षा हो सके और कुछ भी इतना विच्छिन्न नहीं दिखायी दिया जिसे पैरों से ठेलकर जीवन आगे बढ़ सके।

इसी से वे कहते हैं, "तुमने जिसको नीचे फेंका वही आज तुम्हें पीछे खींच रहा है, तुमने जिसे अज्ञान और अंधकार के गह्वर में छिपाया वही तुम्हारे कल्याण को ढककर, विकास में घोर बाधाएँ उत्पन्न कर रहा है।"

क्षुद्र कहे जाने वाले के लिए उनका दीप्त स्वर बार-बार ध्वनित-प्रतिध्वनित होता रहता है, "तुम सब बड़े हो, अपना दावा पेश करो। इस झूठी दीनता-हीनता को दूर करो।"

विशाल, शिव और सुन्दर के पक्ष का समर्थन सब कर सकते हैं क्योंकि वे स्वतः प्रमाणित हैं। परन्तु विशालता, शिवता और सुन्दरता पर, क्षुद्र, अशिव और विरूप का दावा प्रमाणित कर उन्हें विशाल, शिव और सुन्दर में परिवर्तित कर देना किसी महान का ही सृजन हो सकता है।

अमृत को अमृत और विष को विष रूप में ग्रहण करके तो सभी दे सकते हैं। परन्तु विष में रासायनिक परिवर्तन कर और उसके तत्वगत अमृत को प्रत्यक्ष करके देना किसी विदग्ध वैद्य का ही कार्य रहेगा।

कवीन्द्र में ऐसी क्षमता थी और उनकी इस सृजन-शक्ति की प्रखर विद्युत को आस्था की सजलता सँभाले रहती थी। यह बादल भरी बिजली जब धर्म की सीमा छू गयी तब हमारी दृष्टि के सामने फैले रूढ़ियों के रन्ध्रहीन कुहरे में विराट मानव-धर्म की रेखा उद्भासित हो उठी। जब वह साहित्य में स्पन्दित हुई तब जीवन के मूल्यों की स्थापना के लिए, तत्व सत्यमय, सत्य शिवमय और शिव सौन्दर्यमय होकर मुखर हो उठा। जब चिंतन का उसका स्पर्श मिला तब दर्शन की भिन्न रेखाएँ तरल होकर समीप आ गयीं।

उन्होंने ऐसा कुछ नहीं कहा जो पहले नहीं कहा गया था, पर इस प्रकार सब कुछ कहा है जिस प्रकार किसी अन्य युग में नहीं कहा गया।

साहित्य को उसकी बाह्य रूपात्मकता में तौलना-नापना सहज है। किसने कितने उपन्यास लिखे, किसने कितने नाटक, किसके महाकाव्यों का परिमाण क्या है, किसके गीतों की संख्या कितनी है, किसकी शैली कैसी है, किसका छन्द कैसा है, आदि में जो तौल-नाप है वह साहित्य की आत्मा को नहीं तोलता-नापता। ऊँचे-नीचे कगार या सूखे-हरे तट नदी की सीमा बनते हैं, पर नदी नहीं बना सकते। इतना ही नहीं, साहित्यकार की सभी उपलब्धियाँ भी समान नहीं होतीं। गोताखोर समुद्र के अतल गर्भ से न जाने कितने शंख, घोंघे, सीप, सेवार आदि लाकर तट पर ऊँचा पहाड़ बना देता है। यह भी उसकी उपलब्धि ही कही जायेगी, पर उसके अनेक प्रयासों का एक मूल्यांकन मोती की उपलब्धि मात्र है।

केवल महान जीवन-द्रष्टा साहित्यकार की ही हर उपलब्धि का महत्व होता है। और रवीन्द्र ऐसे ही द्रष्टा साहित्यकार हैं। वे क्षुद्र लगने वाले मानव की महामानवता के वैतालिक हैं, अतः हर युग के मानव की विजय-यात्रा के साक्षी रहेंगे। वे अपराजेय विश्वास के स्वर में कहते हैं, "अरुण आभा के अंधकार में आवृत्त रहने पर भी जिस प्रकार प्रभात-कालीन पक्षी गाकर सूर्योदय की घोषणा करता है, उसी प्रकार मेरा

अन्तःकरण भी वर्तमान युग के सघन अंधकार में गा-गाकर घोषित कर रहा है कि हमारा उज्ज्वल और महान भविष्य समीप है। उसके अभिनंदन के लिए हमें प्रस्तुत होना चाहिए।''

जो तर्क से यह सिद्ध करते हैं कि मनुष्य पशु के समान परस्पर युद्ध करते रहेंगे, उन्हें वे उत्तर देते हैं, ''मैं उस पुरातन युग का स्मरण दिलाता हूँ जब प्रकृति भीमकाय जीवों (राक्षसों) को जन्म देती थी। उस समय कौन साहसी यह विश्वास कर सकता था कि उन भीषण दानवों का विनाश संभव है, किन्तु उसके उपरांत एक आश्चर्यजनक घटना घटित हुई।

अचानक शारीरिक विशालता के निशोत्सव में मानव—निःशास्त्री, असहाय, नग्न और कोमलकाय मानव प्रकट हुआ। उसने अपनी शक्तियों को पहिचाना और बुद्धि-बल से जड़-सत्ता का सामना किया। दुर्बल शरीर वाला मनुष्य भीमकाय दानवों पर विजयी हुआ...

मानव आत्मा का जयघोष करो।''

मनुष्य की स्वभावगत महानता की उन्होंने केवल कल्पना नहीं की थी, वरन अथक अन्वेषण करके उसे अपने साहित्य से सिद्ध भी किया है। इसी से जन-साधारण की चर्चा में वे साहसपूर्वक घोषणा करते हैं। 'मुझे जन तो बहुत मिले पर साधारण कोई नहीं मिला।'

सत्य है, हीरे को बहुमूल्य मान लेने पर उसका कौन सा खण्ड मूल्यहीन कहा जायेगा!

जिनकी छाया में हमारे युग की यात्रा आरंभ हुई, जिनकी वाणी में हमने नये जीवन की प्रथम पुकार सुनी है और जिनकी दृष्टि ने अंधकार को भेदकर हमें भविष्य का पहला उज्ज्वल संकेत दिया है, उनके अवश्यम्भावी अभाव की कल्पना भी हमारे लिए सह्य नहीं होती। इसी से रवीन्द्र के महाप्रयाण ने सबको स्तब्ध कर दिया। मृत्यु उनके निकट आतंक का कारण नहीं थी, क्योंकि जिस भारतीय विचारधारा के वे आस्थावान व्याख्याकार थे उसमें जीवन अनंत है।

वे अपनी एक कविता में गाते हैं, 'आज विदा-वेला में मैं स्वीकार करूँगा कि वह मेरे लिए विपुल विस्मय का विषय था। आज मैं गाऊँगा, हे मेरे जीवन! हे मेरे अस्तित्व के सारथी! तुमने अनेक रणक्षेत्र पार किये हैं। आज नवीनतर विजय-यात्रा के लिए मुझे मृत्यु के अन्तिम रण में ले चलो।'

•

इसी बीच कलकत्ते से एक बंधु आये। मौन भाव से उन्होंने मिट्टी के पात्र में संगृहीत, कवीन्द्र के पार्थिव अवशेष की भस्म मुझे भेंट की।

भीड़, आँधी, पानी से संघर्ष कर इसे उन्होंने मेरे लिए प्राप्त किया है, सोच कर हृदय भर आया। मानस-पट पर 'शांति निकेतन' का प्रार्थना-भवन उदय हो आया। उसके चारों ओर लगे रंग-बिरंगे शीशों से छनकर आता हुआ आलोक भीतर इन्द्रधनुषी ताना-बाना बुन देता था। संगमरमर की चौकी पर रखे हुए चम्पक-फूलों पर धूप-धूम भ्रमरों के समान मँडराता था। उसके पीछे बैठे कवीन्द्र की स्थिर दिव्य आकृति और उससे सब ओर फैलती हुई स्वर की निस्तब्ध तरंग-माला।

तो क्या यह उसी वीणा का भस्म-शेष है जिसके तारों पर दीपकराग लहराता था?

•

जान पड़ा, जैसे उस साहित्यकार-अग्रज ने हमारे अनजान में ही हमारे छोर में अपना उत्तराधिकार बाँधकर विदा ली है। दीपक चाहे छोटा हो चाहे बड़ा, सूर्य जब अपना आलोकवाही कर्तव्य उसे सौंप कर चुपचाप डूब जाता है तो तब जल उठना ही उसके अस्तित्व की शपथ है—जल उठना ही उसके जाने वाले को प्रणाम है।

□□

स्व० मैथिलीशरण गुप्त

जन्म—सन् १८८६ ई०　　　　　निधन—सन् १९६४ ई०

श्री मैथिलीशरण गुप्त जी की हस्तलिपि

श्री गणेशाय नमः

मूल्य रखती है राज्य से भी बड़ा लोक में
राम की भरत की उदात्त भ्रातृ-भावना।
इसी महाभारत भूमि के विनाश क्रोड़ में
पुण्यभूमि रख के उसी को रहे पावना।

मैथिलीशरण गुप्त

मैं गुप्त जी को कब से जानती हूँ, इस सीधे-से प्रश्न का मुझसे आज तक कोई सीधा-सा उत्तर नहीं बन पड़ा। प्रश्न के साथ ही मेरी स्मृति अतीत के एक धूमिल पृष्ठ पर उँगली रख देती है जिस पर न वर्ष, तिथि आदि की रेखाएँ हैं और न परिस्थितियों के रंग। केवल कवि बनने के प्रयास में बेसुध एक बालिका का छाया चित्र उभर आता है।

ब्रजभाषा में जिनका कविकंठ फूटा है उनके निकट समस्यापूर्ति का कल्पना-व्यायाम अपरिचित न होगा। कवि बनने की तीव्र इच्छा रहते हुए भी मुझे यह अनुष्ठान गणित की पुस्तक के सवाल जैसा अप्रिय लगता था, क्योंकि दोनों ही में उत्तर पहले से निश्चित रहता है और विद्यार्थी को उस तक पहुँचने का टेढ़ा-मेढ़ा क्रम खोज निकालना पड़ता है। पंडित जी गणित के प्रश्नों के सम्बन्ध में जितने मुक्त हस्त थे, समस्याओं के विषय में भी उतने ही उदार थे। अतः दर्जनों गणित के प्रश्नों और समस्याओं के बीच में दौड़ लगाते-लगाते मन कभी समझ नहीं पाता था कि गणित के प्रश्न हल करना सहज है अथवा समस्या की पूर्ति।

कल्पना के किसी अलक्ष्य दलदल में आकंठ ही नहीं, आशिखा मग्न किसी उक्ति को समस्यारूपी पूँछ पकड़कर बाहर खींच लाने में परिश्रम कम नहीं पड़ता था। इस परिश्रम के नाप-तोल का कोई साधन नहीं था, पर सबसे अधिक अखरता था किसी सहृदय दर्शक का अभाव। कभी बाहर बैठक की मेज पर बैठकर, कभी भीतर तख़्त पर लेटकर और कभी आम की डाल पर समासीन होकर मैं अपने शोधकार्य में लगी रहती थी। उक्ति को पाते ही सरकंडे की कलम की चौड़ी नोक से मोटे अक्षरों की जंजीर से बाँधकर कैद कर देती थी। तब कान, गाल आदि पर लगी स्याही से ही मेरी उज्ज्वल विजय का विज्ञापन बन जाती थी।

ऐसे ही एक उक्ति-अहेर में मेरे हाथ ऐसी पूँछ आ गयी जिसका वास्तविक अधिकारी मेरे ज्ञान-जगत की सीमा में नहीं था। 'मेघ बिना जल वृष्टि भई है।' अवश्य ही यह समस्या किसी प्रकार पंडित जी की दृष्टि बचाकर ऐसी समस्याओं के बाड़े में प्रवेश पा गयी जो मेरे लिए ही सुरक्षित थीं, क्योंकि साधारणतः पंडित जी मेरे अनुभव की सीमा का ध्यान रखते थे। बचपन में जिज्ञासा इतनी तीव्र होती है कि बिना कार्य-

कारण स्पष्ट किये एक पग बढ़ना भी कठिन हो जाता है। बादल पानी बिना बरसाये हुए रह सकते हैं परन्तु पानी तो उनके बिना बरस नहीं सकता। उस समय लक्षणा-व्यंजना की गुंजाइश नहीं थी, अतः मन में बारम्बार प्रश्न उठने लगा, बादलों के बिना पानी कैसे बरसा और यदि बरसा तो किसने बरसाया।

प्रयत्न करते-करते मेरे माथ और गाल पर स्याही से हिन्दुस्तान की रेलवे-लाइन का नक्शा बन गया और सरकंडे की कलम की परोक टूट गयी, पर वह उक्ति न मिल सकी जो मेघों के रूठ जाने पर पानी बरसाने का कार्य कर सके।

अतीत के अनेक राजा-रानियों और घटनाओं को मैं कल्लू की माँ की आँखों से देखती थी। विधि-निषेध के अनेक सूत्रों की वह व्याख्याकार थी। मेघ रहित वृष्टि के सम्बन्ध में भी मैंने अपनी धृतराष्ट्रता स्वीकार कर उसी की सहायता चाही। समस्या जैसे मेरे ज्ञान की परिधि के परे थी, आकाश के हस्ती नक्षत्र का नक्षत्रत्व वैसे ही उसके विश्वास की सीमा के बाहर था। वह जानती थी कि आकाश का हाथी सूँड़ में पानी भर कर उड़ेल देता है तब कई-कई दिन तक वर्षा की झड़ी लगी रहती है। मैंने सोचा...हो-न-हो मेघों की बेगार ढोने वाला यही स्वर्ग का बेकार हाथी समस्या का लक्ष्य है। पर इस कष्टप्राप्त निष्कर्ष को सवैया में कैसे उतारा जाय? इसी प्रश्न में कई दिन बीत गये। उन्हीं दिनों सरस्वती पत्रिका और उसमें प्रकाशित गुप्त जी की रचनाओं से मेरा नया-नया परिचय हुआ था। बोलने की भाषा में कविता लिखने की सुविधा मुझे बार-बार खड़ी बोली की कविता की ओर आकर्षित करती थी। इसके अतिरिक्त रचनाओं से ऐसा आभास नहीं मिलता था कि उनके निर्माताओं ने मेरी तरह समस्यापूर्ति का कष्ट झेला है। उन कविताओं के छन्दबंध भी सवैया छन्दों से सहज जान पड़ते थे और अहो कहो आदि तुक तो मानो मेरे मन के अनुरूप ही गढ़े गये थे।

अंत में मैंने 'मेघ बिना जल-वृष्टि भई है' का निम्न पंक्तियों में काया-कल्प किया—

हाथी न अपनी सूँड़ में यदि नीर भर लाता अहो,
तो किस तरह बादल बिना जल वृष्टि हो सकती कहो।

समस्यापूर्ति के स्थान में जब मैंने यह विचित्र तुकबंदी पंडित जी के सामने रखी तब वे विस्मय से बोल उठे, 'अरे यह यहाँ भी पहुँच गये।' उनका लक्ष्य खड़ी बोली के कवि थे अथवा काव्य, यह आज बताना संभव नहीं। पर उस दिन खड़ी बोली की तुकबंदी से मेरा जो परिचय हुआ उसे मैं गुप्तजी का परिचय भी मानती हूँ। उसके उपरांत मैं जो कुछ लिखती उसके अंत में अहो जैसा तुकान्त रखकर उसे खड़ी बोली का जामा

पहना देती। राजस्थान की एक गाथा मैंने हरिगीतिका छन्द में लिख डाली थी, जिसके खो जाने के कारण ही मुझे एक हँसने योग्य कृतित्व से मुक्ति मिल गयी है।

गुप्त जी की रचनाओं से मेरा जितना दीर्घकालीन परिचय है उतना उनसे नहीं। उनका एक चित्र, जिसमें दाढ़ी और पगड़ी साथ उत्पन्न हुई-सी जान पड़ती हैं, मैंने तब देखा जब मैं काफी समझदार हो गयी थी। पर तब भी उनकी दाढ़ी देखकर मुझे अपने मौलवी साहब का स्मरण हो आता था। यदि पहले मैंने वह चित्र देखा होता तो खड़ी बोली की काव्य-रचना का अंत उर्दू की पढ़ाई के समान होता या नहीं, यह कहना कठिन है।

गुप्त जी के बाह्य दर्शन में ऐसा कुछ नहीं है जो उन्हें असाधारण सिद्ध कर सके। साधारण मझोला कद, साधारण छरहरा गठन, साधारण गहरा गेहुँआ या हल्का साँवला रंग, साधारण पगड़ी, अँगरखा, धोती या उसका आधुनिक संस्करण, गांधी टोपी, कुरता-धोती और इस व्यापक भारतीयता से सीम्ति साम्प्रदायिकता का गठबंधन सा करती हुई तुलसी कंठी। अपने रूप और वेष दोनों में वे इतने अधिक राष्ट्रीय हैं कि भीड़ में मिल जाने पर शीघ्र ही खोज नहीं निकाले जा सकते।

उनके चौड़े ललाट पर क्रोध और दुश्चिन्ताओं की क्रूर लिखावट नहीं है, सीधी भृकुटियों में असहिष्णुता का कुंचन नहीं है, ऊँची नाक पर दम्भ का उतार-चढ़ाव नहीं है और ओठों में निष्ठुरता की वक्रता नहीं है। जो विशेषताएँ उन्हें सबसे भिन्न कर देती हैं वे हैं उनकी बँधी दृष्टि और मुक्त हँसी। जब हमारी दृष्टि में प्रसार अधिक रहता है, तब हम किसी एक में उसे केन्द्रित नहीं कर सकते। प्रत्युत हमारी विहंगम दृष्टि एक ही क्षेत्र में एक साथ अनेक को स्पर्श कर सकती है। इससे जिस सीमा तक हमारा ज्ञान बढ़ जाता है उसी सीमा तक हमारी दृष्टि के विषयों का महत्व घट जाता है। इसके विपरीत जब हमारी हँसी में मुक्त विस्तार नहीं होता, तब हम हवा के झकोरे के समान उसका सुखद स्पर्श सब तक नहीं पहुँचा सकते। उस स्थिति में हमारे हास-परिहास व्यक्ति या कुछ व्यक्तियों को केन्द्र बनाकर सीमित हो जाते हैं। कलाकार की दृष्टि एक-एक पर ठहर कर ही प्रत्येक को अपना परिचय देती है और उसकी हँसी एक साथ सबको स्पर्श करके ही आत्मीयता स्वीकार करती है। इस परिचय और आत्मीयता के अभाव में जीवन का वह आदान-प्रदान सम्भव नहीं होता जिसकी साहित्य और कला में पग-पग पर आवश्यकता रहती है।

गुप्त जी की दृष्टि और हँसी उन्हें किसी के निकट अपरिचित नहीं रहने देती। कभी-कभी तो उनका देखना और हँसना इस तरह साथ चलता है कि दृष्टि हँसती-सी लगती है और हँसी से दृष्टि का आलोक बरसता जान पड़ता है। वे स्वभाव से

प्रसन्न और विनोदी हैं पर इस प्रसन्नता और विनोद की चंचल सतह के नीचे गहरी सहानुभूति और तटस्थ विवेक का स्थायी संगम है जिस पर सबकी दृष्टि नहीं जाती है। केवल विनोदी व्यक्ति की दृष्टि इतनी पैनी नहीं होती कि जीवन के बाह्य आवरणों को भेदकर तथ्य तक पहुँच सके और कवि के लिए यह पैनापन अनिवार्य है। इसी से बाहर से विनोदी कलाकार का स्वभाव अपनी स्पष्टता में भी दुर्बोध रहता है। यदि उसे जीवन कौतुक से अधिक नहीं जान पड़ता तो वह जीवन-व्यापी विषमता के प्रति असहिष्णु कैसे हो सकता है! यदि वह जीवन से संतुष्ट है तो सामंजस्य-भावना न आवश्यक रहती है न तीव्र और साहित्य में यदि अधिक सामंजस्य की पुकार नहीं है तो वह इतिवृत्त के अतिरिक्त कुछ नहीं है।

गुप्त जी स्वभाव से लोकसंग्रही कवि हैं, अतः उनके स्वभाव के तल में ऐसी गंभीरता आवश्यक है जिस पर हास और विनोद की सौ-सौ चंचल लहरें बनने के लिए मिट सकें और मिटने के लिए बन सकें।

उन्होंने जीवन के उषःकाल में जिस युग से संस्कार ग्रहण किये थे उसमें देश, समाज, साहित्य आदि के क्षेत्रों में नवीन प्रवृत्तियाँ अपनी चंचलता में सहस्त्रमुखी हो रही थीं, परन्तु उनका गंतव्य प्राचीन संस्कार-समुद्र ही था जो न स्वयं चंचल था और न अपनी परिधि में आने वाली धाराओं को चंचल होने देता था।

उन्हें परिवार ऐसा मिला जिसकी प्रतिष्ठा के ऊँचे पर्वत के चारों ओर अर्थ-संकट की खाई गहरी होती जा रही है। ऊँचाई अच्छी है, पर उस पर धूप, आँधी, पानी और भी अधिक वेग से आक्रमण करते हैं।

चित्र में लम्बी तलवार साथ रखने वाले कवि-पिता जीवन में सखी सम्प्रदाय के उपासक थे, जिसमें नारी होने की साधना ही इष्ट-पूजा है। उसकी तलवार यदि एक युग की वीरगाथा है, तो उनकी रहस्य रामायण दूसरे युग का प्रेम-गीत! उनकी वर्ण-व्यवस्था में आस्था यदि एक युग की धरोहर थी, तो मुस्लिम बालक मुंशी अजमेरी को छठा पुत्र मान लेना दूसरे युग का वरदान।

यदि हम लोहे के एक सिरे को आग में रख कर दूसरे को पानी में डुबा दें, तो उष्णता और शीतलता अपनी-अपनी सीमा बढ़ाकर लोहे के मध्य भाग में एक संतुलित गर्मी-सर्दी उत्पन्न कर देगी, पर दोनों सिरों पर आग-पानी अपने मूलरूपों में रहेंगे ही।

बहुत कुछ ऐसी ही संतुलन गुप्त जी के व्यक्तित्व में मिलता है, पर उसमें चरम सीमाओं पर ऐसा आग-पानी भी है जो कोई समझौता नहीं करता। किस दिशा में चलने

पर आग मिल जायेगी और कहाँ पानी; यह पहले से जान लेने का कोई साधन नहीं है। इसी से उनके सम्बन्ध में एक व्यक्ति का मत दूसरे का विरोधी हो तो आश्चर्य की बात नहीं है। बिजली के पॉजिटिव और निगेटिव तारों के समान दो कोमल-कठोर तार उनके सम्पूर्ण व्यक्तित्व में साथ-साथ फैले हुए हैं। उनके जीवन और साहित्य में उन तारों के संयोग का ही उजाला है।

शिक्षा सम्बन्धी परीक्षाओं से शीघ्र ही मुक्ति पा जाने के कारण उनके व्यक्तित्व को अपने संस्कार और वातावरण के अनुसार विकास की सुविधा प्राप्त हो गयी।

जब आज भी हमारा शिक्षा-यंत्र विद्यार्थी के व्यक्तित्व को तोड़-मरोड़ कर एकांगी बना लेता है तब छः दशक पहले की स्थिति की कल्पना कर लेना कठिन नहीं है। चलने के समय फुट-इंच नाप-नाप कर पग रखने से दो पगों का अंतर गणित के अंकों में समान हो सकता है, पर इससे किसी को चलना आ सकेगा और न रास्ता तय हो सकेगा। जिस तुला पर नाप-जोख कर रोगी को औषधि दी जाती है उसी पर तोल-नाप कर स्वस्थ को भोजन नहीं दिया जाता, क्योंकि एक विकृति से प्रकृति की ओर आने का प्रयास है और दूसरा प्रकृति का प्राप्य। ज्ञान अन्य मनुष्यों के समान कलाकार का भी प्राप्य है पर उसकी प्राप्ति वैसी ही अनायास होनी चाहिए जैसी फूल को आलोक की होती है। जिस प्रकार बालक बिना किसी पूर्व निश्चित कार्यक्रम के गिर-उठकर गति का संतुलन खोज लेता है। उसी प्रकार कलाकार का ज्ञान भी किसी निश्चित योजना की अपेक्षा नहीं रखता। किसी छोटी कक्षा में पढ़ते सनय घटित एक साधारण घटना से गुप्तजी के स्वभाव की कुछ व्याख्या हो जाती है। इस्पेक्टर महोदय संस्कृत के विषय में प्रश्न करेंगे यह सोचकर, उनके कुछ पूछने से पहले वे शिवतांडव स्तोत्र सुनाने लगे जो न उनकी पाठ्य-पुस्तक में था और न पठित पाठों के समान सरल था।

प्रश्न की कल्पना साधारण बालक विद्यार्थी की सीमा में नहीं रहती। वह तो शिक्षक के प्रश्न-संकेत पर अपने ज्ञान के छिछले पोखर में उतर कर कभी शंख कभी घोंघा निकाल लाना भर जानता है। ऐसा विद्यार्थी जब शिक्षक के गहरे ज्ञान-समुद्र में गोता लगाकर प्रश्न की मोतीदार सीप खोज लाये तब समझना चाहिए कि उसके मस्तिष्क में कुछ ऐसे विजातीय अणु हैं जो उसे विद्यार्थी नहीं रहने देंगे।

साधारणतः परीक्षा के हथौड़े के नीचे प्रतिमा नहीं गढ़ी जाती, उल्टे उसके चूर-चूर हो जाने की सम्भावना रहती है। गुप्त जी उस हथौड़े के नीचे से निकल न भागे होते तो हिन्दी को तिलक कंठीधारी राष्ट्रकवि प्राप्त न होता।

पर जीवन की पुस्तक के हर पृष्ठ को उन्होंने जिज्ञासु विद्यार्थी के समान पढ़ा

है और उसकी कठिन परीक्षाओं से न कभी भागने की इच्छा की है और न अवैध उपायों से उनमें उत्तीर्ण होना चाहा है। वे उन परीक्षाओं में बैठने के महत्त्व को सफल-असफल होने के परिणाम से अधिक भारी समझते हैं।

जीवन के तीस बसन्त पार करने के पहले ही वे दो बार विधुर हो चुके थे। दस सन्तानों में अब एक है। जिसके सम्बन्ध में उन्होंने एक बार मुझे लिखा था...... यहाँ भी एक घीसा है, यदि आप उसका भार ले सकें तो उसे भेजने का प्रबन्ध किया जावे। एक आस्था जनित संयम का बाँध न उसके विषाद में ज्वार आने देता है और न हर्ष में। इसी से खोई सन्तान के लिए उनका शोक भी अव्यक्त रहता है और एकाकी पुत्र के प्रति स्नेह भी। जिस सन्तान-विछोह की आवृत्तियों ने उनकी सरल सहधर्मिणी की हँसी को आसुँओं में बुझा-सा दिया है उसी ने उनकी दृष्टि को हँसी की दीप्ति दे दी है।

भक्त और कवि के दृष्टि-बिन्दुओं में अन्तर अनिवार्य है। भक्त के निकट उसका इष्ट ही विश्व है। जो उसने देना उचित समझा उसे अपने तथा संसार के लिए सुखपूर्वक स्वीकार कर लेना ही भक्त की विशेषता है। इष्ट के दान के सम्बन्ध में नाप-तोल का विवेक भक्ति को व्यवसाय का रूप दे देता है। पर कवि की स्थिति इससे भिन्न है। इसके लिए लोक-समष्टि ही इष्ट है, पर लोक के दान को निरीह भाव से अंगीकार कर लेना उसे अभीष्ट नहीं होता। वह लोक का निर्माण भी अपनी कल्पना के अनुरूप चाहता है।

पत्थर को तिल-तिल तराश कर उसमें अपनी कल्पना को उतारना और उस मूर्ति को अपने भाव की परिधि मान लेना एक ही मानसिक वृत्ति से सम्भव नहीं। मूर्तिकार तो अपनी कल्पना को आकार देकर सफल होता है और पुजारी उस आकार में अपने आपको मिटाकर पूर्णता पाता है। एक में अभाव की भाव परिणति है और दूसरे में भाव का रूप में विलयन।

गुप्त जी कवि भी हैं और भक्त भी, अतः निर्माण भी उनके स्वभाव में है और निर्मित के प्रति आत्म-समर्पण भी। साहित्य में उन्हें ऐसी ही कथाएँ चाहिए जो लोक-हृदय में प्रतिष्ठा पा चुकी हों, पर उस परिधि के भीतर हर चरित्र का कुछ नया निर्माण उनका अपना है। वे रामायण को नहीं भूलते, पर रामायणकार जिन्हें भूल गया उन चरित्रों को अपने ढंग से स्मरण करते हैं। वे महाभारत के स्थान में कोई अन्य कथा नहीं खोजेंगे, पर महाभारत के भीतर खोये किसी साधारण पात्र को खोज लेंगे। ये कथाएँ अनेक युगों की लम्बी यात्राओं का आँधी-पानी, धूप-छाया सहते-सहते धूमिल हो गई हैं, पर जिन्हें ये वहन करके लाई हैं वे पात्र गुप्त जी के आँसुओं में धुल-धुलकर

नये रंगों में उद्‌भासित आज के प्राणी बन चुके हैं। उनके साहित्य में जो नया है उसका मेरुदण्ड पुराना है और जो पुराना है उस रंग नया है।

जीवन में भी कुछ आदान और कुछ निर्माण उनके साथ चलता है। पुरातन संस्कारों का घेरा उन्हें वंश-परम्परा से मिला है, पर उसमें नये आलोक को लाने आले झरोखों का निर्माण उनका अपना है। ऋण का दुर्वह भार उन्हें रईसों के उत्तराधिकार में प्राप्त हुआ। पर उस विष का अचूक उतार—साधारण रहन-सहन, उनकी स्वार्जित सम्पत्ति है। तुलसी कंठी की अनिवार्यता उनकी वैष्णवता की देन है। पर उस सीमा में मुंशी अजमेरी के लिए अनन्य स्थान रखना उनके हृदय की माँग है।

वे नम्र हैं, पर यह विनय उनकी वैष्णवता का ऐसा पानी है जो बड़े-बड़े जहाजों को सँभाल सकता है, किन्तु छोटे-से पत्थर का भी भार सहन नहीं कर सकता। इस प्रशान्त सतह वाले सागर के तल में किसी अव्यक्त ज्वालामुखी की चोटियाँ भी हैं जो ठेस से विस्फोट बन सकती हैं।

जीवन के पिछले पहर में उन्हें ऋण से जो मुक्ति मिली है उस तक पहुँचने के लिए उन्हें अर्थ-संकट की अनेक दुर्गम घाटियाँ पार करनी पड़ी हैं। उन दिनों की स्मृति मात्र से उनकी आँखों में जो पानी छलक आता है उसी ने उनके स्वाभिमान पर शान चढ़ाई है। वे जिस सीमा तक साधनहीन के प्रति विनीत हैं उसी सीमा तक अर्थ दम्भी के प्रति असहिष्णु।

किसी परिचित के साधारण द्वार पर उपस्थित होकर वे अकुंठित भाव से कह सकते हैं—महाराज हम तो हाजिरी देने आये हैं। पर सम्पन्नता के संकेत-पट जैसे द्वार पर यह हाजिरी कितनी महँगी पड़ सकती है इसे न वे बता सकते हैं न उनके परिचित।

गुप्त जी के बाल्य-बन्धु राय कृष्णदास जी ऐसे संस्था सम्प्रदाय में दीक्षित हैं जिसके सदस्य 'यांचा मोघा वरमधिगुणे नाधमे लब्ध कामा' पर विचार करने के अधिकारी नहीं होते। बेचारे संस्थाबाजों के लिए, सम मान निरादर ही साधना अनिवार्य है। याचक एक से दो भले, सोचकर वे अपने अभिन्न बन्धु को लेकर किसी अर्थपति के दरबार में पहुँचे। एक ओर अर्थपति की अवज्ञा स्वाभाविक थी दूसरी ओर गुप्त जी की नम्रता के तल में छिपे ज्वालामुखी में विस्फोट होना। जब उन्होंने अपनी सप्रयत्न सीखी याचक की भूमिका भूलकर सम्भाव्य दाता को फटकारना आरम्भ किया तब भाई कृष्णदास जी को कुछ पाने की आशा छोड़ कर भागने के द्वार खोजना पड़ा।

यदि मिट्टी को प्रतिबिम्ब ग्रहण का वरदान मिला होता तो उस कक्ष की दीवारों पर कवि-अभ्यागत की उग्रता आज भी अंकित होती और यदि स्वर को मिटने का

अभिशाप न मिला होता तो उस वातावरण में निर्वेद में रौद्र रस की प्रतिध्वनि अब तक गूँजती होती।

याचक की सहनशीलता उनमें नहीं है, पर आत्मीयजनों का अनुरोध अस्वीकार करने की दृढ़ता का भी उनमें अभाव है। इस सम्बन्ध में वे चोट खाने से भी डरते हैं और चोट पहुँचाने से भी।

कला-भवन के अर्थ-संग्रह के उद्देश्य से जब एक शिष्ट-याचक-मंडल की योजना बनाई गई और उसमें उनका नाम भी सम्मिलित कर लिया गया, तब वे एक प्रकार के आतंक की छाया में रहने लगे। यदि उस चर्चा के उठने से पहले और समाप्त होने के उपरान्त उन्हें तोला जाता तो निश्चय ही वे वजन में कुछ घटे हुए मिलते। उस याचना-अभियान की सम्भावना कम होने के साथ-साथ उनके रोग के आक्रमण भी कम हो गए हैं।

सभा-सम्मेलन आदि की अध्यक्षता से भी वे कम नहीं घबड़ाते। सम्भवतः उनका अवचेतन मन जानता है कि यह सब आयोजन एक ही देवता के अनेक विग्रह हैं। इन सभी कामों से व्यक्ति का अहं इस सीमा तक स्फीत हो जाता है कि उस अहंकार की रक्षा के लिए दैन्य को स्वीकार करना भी स्वाभाविक हो जाता है।

स्पष्टवादिता के कारण उन्हें किसी प्रकार की मन्त्रणा में सम्मिलित करना खतरे से खाली नहीं है। वे गोपनशास्त्र की वर्णमाला भी नहीं जानते जिसकी आज के युग में पग-पग पर आवश्यकता पड़ती है। परिणामतः जहाँ मौन रहना चाहिए वहाँ वे सब कुछ कह देंगे। उस सम्बन्ध की कुछ घटनाओं के स्मरण मात्र से हँसी आ जाती है। एक संस्था की विशेष बैठक में वे आहूत थे। बैठक के पहले कुछ व्यक्तियों ने विचार-विनिमय करके अपना निश्चित कार्यक्रम बना लिया और सामान्य बैठक में उसी के अनुसार प्रस्ताव और अनुमोदन होने लगे। पूर्व विचार-विनिमय के समय जो अनुपस्थित थे उनमें से किसी की जिज्ञासा के उत्तर में वे बोल उठे—"हाँ महाराज, हम लोग बात करके पहले ही यह निश्चय कर चुके हैं।" उनके इस उत्तर से अन्य सदस्य निरुत्तर रह गए, तब उन्होंने क्षमा-याचना की मुद्रा में कहा—"हमारे साथी मौन हैं, इससे जान पड़ता है कि हमने बता कर ठीक नहीं किया।"

एक दूसरी घटना भी कम मनोरंजक नहीं है। साहित्यकार-संसद् के लिए गंगातट पर एक भवन खरीदने का निश्चय हुआ जिसके स्वामी चालीस हजार से कम लेने को प्रस्तुत नहीं थे। मैं जब गुप्त जी को वह स्थान दिखाने ले गई, तब वे रास्ते भर जो कुछ कहते रहे उसका आशय था कि मुझे ऐसे क्रय-विक्रय का अनुभव नहीं

हैं। मैं वहाँ कुछ न बोलूँ। वे गृह-स्वामी से बात करके कम में तय करा देंगे। वहाँ पहुँच कर उस भवन की तरल सीमा बनाती हुई गंगा और उसके तट पर एक बड़े कमल सा रखा हुआ मन्दिर देखकर वे सब कुछ भूल गए।

साधारणतः व्यवसाय की नीति में खरीदने वाले और बेचने वाले दो भिन्न-भिन्न छोरों से चलते हैं। एक वस्तु का मूल्य घटाने के लिए उसमें अनेक कल्पित दोषों का आरोप करता है और दूसरा मूल्य बढ़ाने के लिए कल्पित गुणों का। बीच की स्थिति तक पहुँचते-पहुँचते दोनों की अतिरंजना में संतुलन आ ही जाता है। यदि हम मन की प्रसन्नता को छिपाकर कह सकते हैं कि इसके एक ओर नाला और दूसरी ओर बालू का ऊसर कगार है, अतः यह स्थान काम का नहीं है या गंगा के तट पर होना ही इसका दोष है क्योंकि उसकी धारा धीरे-धीरे सारी जमीन बहा ले जाएगी, तो गृह-स्वामी की प्रशंसा का पलड़ा अधिक न झुकता। पर गुप्त जी से यह साधना सम्भव नहीं थी। उनकी कंठी और तन्मयता देखकर गृह-स्वामी को इस निर्णय पर पहुँचते देर नहीं लगी कि जिसका अध्यक्ष ऐसा सरल विश्वासी है उस संस्था से सौदा करने में हानि क्यों उठाई जावे!

उनकी दृष्टि में वही रहता है जो उनके हृदय में है और हृदय में वही रहता है जो वचन में है। हम उन विचारों से सहमत हों या असहमत पर उनके सम्बन्ध में किसी भ्रम या उलझन में नहीं पड़ सकते। अधिकारी, व्यापारी सम्पन्न, दरिद्र किसी भी वर्ग के व्यक्ति के समान वे उसके दोषों की व्याख्या करने में नहीं हिचकते। उस समय उनकी हँसी जैसे तलवार का मखमली म्यान हो जाती है जिसका बाहरी कोमल स्पर्श भीतरी धार की पैनी कठिनता का आभास देता है। ऐसी मुखर स्पष्टवादिता लौकिक सफलता से मेल नहीं खाती।

आर्थिक दृष्टि से गुप्त जी की आज जो स्थिति है, उसका कुछ श्रेय इंडियन प्रेस को भी मिलना चाहिए जिसने रंग में भंग छाप कर उन्हें कुछ नहीं दिया। यदि बाँटने के लिए पर्याप्त प्रतियाँ भी मिल सकतीं तो उनके पितृव्य उसे छापने का विचार न करते, क्योंकि उस समय पुस्तक से अर्थ-लाभ का प्रश्न कल्पना से परे था।

आर्थिक दृष्टि से अनुकूल समय न होने पर भी उन्होंने कुछ प्रबन्ध करके कवि किशोर की कृति छाप देने का साहस किया। जब बाँटने से शेष बची प्रतियाँ बिक गईं तब उन्होंने पूछा, 'क्या और भी लिखा है?' ऐसा बहुत-सा लिखा रखा है, सुन कर उनका विस्मित होना स्वाभाविक था।

अपने पितृव्य और अग्रज की व्यवस्था के कारण ही गुप्त जी अर्थ-संकट के

उस बवंडर में स्थिर रह सके हैं जिसने इस युग के अधिकांश साहित्यकारों को कभी खाई में गिरा कर और कभी पर्वतों पर पटक कर चूर कर दिया है।

कुछ संस्कार और कुछ आस्था के कारण गुप्त जी व्यक्तिगत सुख-दुःखों में विचलित कम होते हैं। दूसरों के व्यंग्य भी उनकी हँसी में बुझ जाते हैं। पर किसी निर्दोष के प्रति किये गये अन्याय की चेतना उनके स्वभाव के आग्नेय तारों को छूकर चिनगारियाँ उत्पन्न किये बिना नहीं रहतीं। सन्'42 के आन्दोलन में पुलिस ने बिना किसी कारण के ही उन्हें तथा उनके अग्रज को अपने बन्दीगृह का अतिथि बनाया। वैष्णवता की जिस सजलता ने उनके मन से रोष का दाह धो डाला था उसी में, अनेक निर्दोषों के बन्धन ने ज्वाला उत्पन्न कर दी।

दुर्भाग्यवश कलेक्टर जेल की परिधि में अपने कवि बन्दी से प्रश्न कर बैठा, 'आप कुछ कहेंगे?' उत्तर देने वाले बन्दी की विनम्रता मानो शिला से टकरा कर उग्रता में फूट पड़ी। 'आपका दिमाग खराब हो गया है, आपसे क्या बातें करें? आप निर्दोषों को पकड़ते घूमते हैं। हमारा क्या, हम तो लेखक ठहरे, यहाँ सब देखेंगे और इसके खिलाफ लिखेंगे।' अनेक कैदियों और जेल के कर्मचारियों की भीड़ के सामने बन्दी से ऐसी अभ्यर्थना पाकर अधिकारी ने उस कुघड़ी को कोसा होगा जिसमें उसने पूछने का शिष्टाचार दिखाया।

गुप्त जी का भावुक होना तो कवि-सामान्य है, पर भावुकता के साथ चलने वाली कर्म-तत्परता तो उनकी निजी विशेषता है।

प्रायः सभी सच्चे कलाकारों में संवेदनशीलता का आधिक्य, स्वाभाविक है, पर सबके सुख-दुःखों से तादात्म्य का परिणाम उनकी कला ही होती है। किसी तीव्र रागात्मक अनुभूति का कर्म में व्यक्त होना, कला में व्यक्त होने वाली तीव्रता को बाँट लेता है। सामान्यतः कलाकार अपने व्यक्तिगत अभावों का उपचार ही कर्म में नहीं खोज पाता, फलतः उत्कृष्ट कला का सृजन करके ही वह लौकिक दृष्टि से कुशल व्यक्तियों की अवज्ञा का भार वहन करता है। वह तत्पर सहकर्मी नहीं माना जाता, क्योंकि जीवन की विषमता का जो परिहार उसके सृजन में व्यक्त होता है वह स्थायी होने पर भी सद्यः फलदायी नहीं हो सकता। कला मनुष्य के हृदय और बुद्धि को प्रभावित करके ही उसके कर्म को प्रभावित करती है और एक-एक को बदल कर ही सबको बदलने में समर्थ होती है। कलाकार को मनुष्य के रूप में पहचानने के लिए उसकी कला और कर्म में गठबन्धन होना ही चाहिए।

किसी मृतवत्सा माता की वेदना से तादात्म्य कर मूर्तिकार उस आकार को पत्थर

में स्थायित्व देगा, चित्रकार उस दृश्य को रेखाओं में बाँधेगा, कवि उस दुःख को छन्द में गूँथेगा और संगीतकार उस विछोह को विहाग में गा देगा। पर गोद में बालक का शव लिए हुए माता तो उस पड़ोसी को पहचानती है जो उसकी गोद से मृत शिशु को आग्रहपूर्वक हटा देता है और दूसरे धूल भरे बालक को वहाँ पर बैठा कर कहता है 'अब इसे तुम्हारे अंचल की छाया चाहिए।'

गुप्त जी ऐसे ही पड़ोसी हैं, अतः उनका दद्दा-रूप कवि-रूप से अधिक व्यापक हो तो आश्चर्य नहीं। वे नगर-दद्दा ही नहीं, प्रान्त भर के दद्दा हैं और जो उनके सम्पर्क में आते हैं उन्हें भी दूसरी पहचान स्मरण नहीं रहती।

छोटे झरोखे और बड़े आकार वाली हवेली के समीप ही अयोध्या के निकट साकेत के समान उनका नीम की टेढ़ी-मेढ़ी बल्लियों पर खपरैल से छाया हुआ शयन-कक्ष है। उसके बाहर तुलसी-चौरा और गेंदे के पौधे तथा भीतर पत्थर के चबूतरे पर कविता लिखने के लिए रखी हुई दो तीन स्लेटें और एक छोटा डेस्क देखकर गाँव की प्राथमिक पाठशाला की भ्रान्ति हो जाना स्वाभाविक है। उनकी काव्य-साधना के लिए वह कच्चा घर उपयुक्त हो, पर स्लेट-पेन्सिल देखकर भ्रम होता है कि वे असमय स्कूल छोड़ने का स्मरण कर रहे हैं।

जिसका सफेद फर्श सबकी धूल ग्रहण कर साम्य की उपासना करता है वह बैठकखाना और जिसकी गोबर से लिपी धरती सबके चिह्न मिटाकर एकता की बात कहती है वह आँगन की कचहरी भी है और जन्तुशाला भी। वहाँ शिखाधारी पंडित जी भी विराजमान होंगे और दाढ़ी वाले मियाँ साहब भी। वहाँ व्यापारी भी आसीन होंगे और मजदूर भी। वहाँ दारोगा भी बैठे मिलेंगे और संदिग्ध अपराधी भी। वहाँ गाँधीवादी भी उपस्थित होंगे और क्रान्तिकारी भी। परिचित-अपरिचित, सभी प्रकार के अतिथि वहाँ देवता बन जाते हैं।

बैठक के एक ओर कभी स्व० मुंशी अजमेरी के लिए मोटा गद्दा बिछा रहता था जिस पर आराम से लेटे-लेटे वे अद्भुत व्याख्यानों का पंचतन्त्र सुनाया करते थे। आज वह कोना खाली है, पर गुप्त जी का हृदय अपने प्रिय बन्धु की चर्चा से भरा रहता है।

श्याम वर्ण और उजली दाढ़ी में अंधकार और आलोक के संगम बने हुए बड़े मियाँ इसी बैठक में तब तक घर की हिफाजत के लिए रहे थे जब तक गुप्त-बन्धु जेल के आतिथ्य से मुक्ति न पा सके।

सबकी समस्याएँ सुनने का गुप्त जी को अवकाश है और सबके काम आने की

उन्हें इच्छा रहती है। रास्ते भर वे 'दद्दा, जै राम जी' सुनते, 'जै राम जी भइया, अच्छे तो हो,' पूछते हैं। सम्भवतः उनके कारण ही चिरगाँव में राम का नाम-स्मरण अभिवादन बन गया।

किसी का बनता हुआ मकान देखना, किसी की नई दुकान का निरीक्षण करना, किसी के छप्पर के सम्बन्ध में सलाह देना किसी के खेत की बात पूछना आदि कार्य वे सहज भाव से करते चलते हैं।

वंग-दर्शन के प्रकाशन के अवसर पर मुझे उनकी तत्परता का जो परिचय मिला था उसका क्रम अब तक अटूट है। जब अन्य कवियों को अस्वीकृति पाने के लिए भी कई-कई पत्र लिखने पड़े थे तब मेरे पहले ही पत्र के उत्तर में गुप्त जी का तार आया—'कविता भेजता हूँ।'

साहित्यकार संसद् की कल्पना ही एक मनोव्यथा का परिणाम थी। ऐसी संस्था का अभाव खटकता था जो लेखकों के हित की चिन्ता कर सके और अवसर पड़ने पर उन्हें पारिवारिक संरक्षण दे सके। पर व्यक्ति अकेला चल सकता है और संस्था समूह के चलने का परिणाम होता है। कर्मशील होने के कारण गुप्त जी से वह सहायता सहज ही मिल गई जिसके लिए दूसरे वाद-विवाद करते रहे। वे किसी सभा-समिति की अध्यक्षता नहीं करते हैं, पर हमारे हठ की रक्षा में उनका वह नियम भी टूट गया। जब संस्था बन गई और उसे चलाने के साधनों की आवश्यकता हुई तब अध्यक्ष महोदय ने अपना प्रेस दे डालने का विचार प्रकट किया। लेखकों की सहायता के लिए लेखकों को साधनहीन बनाना हममें से किसी को नहीं भाया, अन्यथा यह अध्यक्षता बहुत महँगी पड़ती।

अन्त में राय कृष्णदास जी द्वारा आयोजित उनकी हीरक जयन्ती के समारोह ने ऐसा सुयोग उपस्थित कर ही दिया कि गुप्त जी दस हजार की थैली साहित्यकार संसद् को देकर कुछ आश्वस्त हो सके। उनकी आत्मीयता साहित्यिक वर्ग की विविधता से न सीमित होती है और न घटती-बढ़ती है। चाहे कोई सुकुमार हो, चाहे उग्र, चाहे रहस्यवादी चाहे स्पष्टवादी—उनकी आत्मीयता सब पर बादल की तरह बरस जाती है। जिसे उसकी आवश्यकता न हो वह चाहे छाता ताने, चाहे मोमजामा ओढ़े।

उनकी आस्था उस गहराई तक पहुँच चुकी है जहाँ उसे दूसरों के विरोध की आँधी का भय नहीं रहा। परिणामतः उनमें उस सतर्कता का अभाव मिलेगा, जो दो भिन्न विचार वालों को नहीं मिलने देती।

जीवन और साहित्य की दृष्टि से गुप्त जी और निराला एक-दूसरे से सर्वथा भिन्न हैं। एक दिन अस्त-व्यस्त रहने वाले निराला जी से उन्होंने सहज भाव से कह दिया—'हम इस बार आपके पास ठहरेंगे।' तब अपने लिए असावधान निराला में नया घड़ा मँगवा कर गंगा-जल लाने की सावधानी आ गई। थोड़ी देर बात करने वाले भी जिनका रुख देखते रहते हैं उन्हीं निराला से गुप्त जी आधी रात तक सुख-दुःख की कथा कहते-सुनते रहे और उन्हें समझाते-बुझाते रहे।

उनमें हीनता या उच्चता की कोई ऐसी उलझन भरी ग्रन्थि नहीं है, जिससे वे अपनी प्रतिष्ठा को लेकर व्यस्त रहें। अपने विशेष सम्मान के अवसर पर भी वे कह देते हैं—'अरे महाराज, हमारा तो कभी आपने अपमान नहीं किया, जो अब सम्मान की आवश्यकता हो। हमें बहुत सम्मान मिल चुका है, अब किसी नये का सम्मान होना चाहिए।' उनके काव्य की समीक्षा करते-करते एक समीक्षक ने उनके सम्बन्ध में ऐसे आपत्तिजनक शब्दों का प्रयोग किया, जो मानहानि के अपराध के अन्तर्गत आ सकते हैं। इससे भी सन्तुष्ट न होकर आलोचक ने गुप्त जी की सम्मति चाही। उन्होंने उत्तर में लिखा—'आपके निकट हमारे साहित्य और व्यक्तित्व का जो मूल्य है उसके लिए हम कृतज्ञ हैं।'

यदि अपने आप अत्यन्त साधारण जीवन व्यतीत करने वाले पुत्र के लिए पूर्वजों के ऋण की छाया कष्ट है, तो गुप्त जी इस कष्ट के अंगार-पथ को पार कर चुके हैं। यदि अपनी नौ-नौ सन्तानों को अपने हाथ से मिट्टी को लौटा देना पिता का दुःख है, तो गुप्त जी इस दुःख के समुद्र को तैर आये हैं।

यदि अपनी परीक्षाओं में अविचलित रहना भक्त का वरदान है, तो गुप्त जी पूर्णकाम हैं। यदि अपने अहं को समष्टि में मिला देना कवि की मुक्ति है, तो गुप्त जी मुक्त कवि हैं। वे विश्वास के साथ कहते हैं—

'अर्पित हो मेरा मनुज काय
बहुजन हिताय बहुजन सुखाय।'

□□

स्व० सुभद्राकुमारी चौहान

जन्म—सन् १९०४ ई०   निधन—सन् १९४८ ई०

स्व० सुभद्राकुमारी चौहान की हस्तलिपि

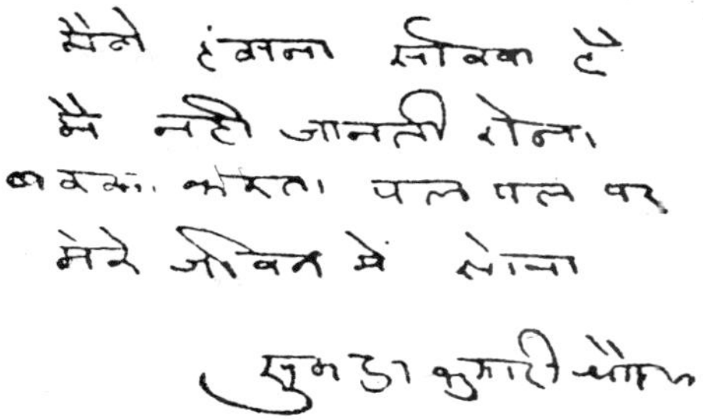
मैंने हँसना सीखा है
मैं नहीं जानती रोना।
बरसा करता पल पल पर
मेरे जीवन में सोना

सुभद्रा कुमारी चौहान

सुभद्राकुमारी चौहान

हमारे शैशवकालीन अतीत और प्रत्यक्ष वर्तमान के बीच में समय-प्रवाह का पाट ज्यों-ज्यों चौड़ा होता चला जाता है त्यों-त्यों हमारी स्मृति में अनजाने ही एक परिवर्तन लक्षित होने लगता है। शैशव की चित्रशाला के जिन चित्रों से हमारा रागात्मक सम्बन्ध गहरा होता है, उनकी रेखायें और रंग इतने स्पष्ट और चटकीले होते चलते हैं कि हम वार्धक्य की धुँधली आँखों से भी उन्हें प्रत्यक्ष देखते रह सकते हैं। पर जिनसे ऐसा सम्बन्ध नहीं होता वे फीके होते-होते इस प्रकार स्मृति से धुल जाते हैं कि दूसरों के स्मरण दिलाने पर भी उनका स्मरण कठिन हो जाता है।

मेरे अतीत की चित्रशाला में बहिन सुभद्रा से मेरे सख्य का चित्र, पहली कोटि में ही रखा जा सकता है, क्योंकि इतने वर्षों के उपरान्त भी उनकी सब रंग-रेखायें अपनी सजीवता में स्पष्ट हैं।

एक सातवीं कक्षा की विद्यार्थिनी, एक पाँचवीं कक्षा की विद्यार्थिनी से प्रश्न करती है, 'क्या तुम कविता लिखती हो? दूसरी ने सिर हिलाकर ऐसी अस्वीकृति दी जिसमें हाँ और नहीं तरल होकर एक हो गये थे। प्रश्न करने वाली ने इस स्वीकृति-अस्वीकृति की सन्धि से खीझ कर कहा, 'तुम्हारी क्लास की लड़कियाँ तो कहती हैं कि तुम गणित की कापी तक में कविता लिखती हो! दिखाओ अपनी कापी' और उत्तर की प्रतीक्षा में समय नष्ट न कर कविता लिखने की अपराधिनी को हाथ पकड़कर खींचती हुई उसके कमरे में डेस्क के पास ले गई। नित्य व्यवहार में आने वाली गणित की कापी को छिपाना सम्भव नहीं था, अतः उसके साथ अंकों के बीच में अनधिकार सिकुड़ कर बैठी हुई तुकबन्दियाँ अनायास पकड़ में आ गईं। इतना दंड ही पर्याप्त था। पर इससे सन्तुष्ट न होकर अपराध की अन्वेषिका ने एक-हाथ में वह चित्र-विचित्र कापी थामी और दूसरे में अभियुक्ता की उँगलियाँ कस कर पकड़ीं और वह हर कमरे में जा-जाकर इस अपराध की सार्वजनिक घोषणा करने लगी।

उस युग में कविता-रचना अपराधों की सूची में थी। कोई तुक जोड़ता है, यह सुनकर ही सुनाने वालों के मुख की रेखाएँ इस प्रकार वक्र-कुंचित हो जाती थीं मानो उन्हें कोई कटु-तिक्त पेय पीना पड़ा हो।

ऐसी स्थिति में गणित जैसे गम्भीर महत्त्वपूर्ण विषय के लिए निश्चित पृष्ठों पर

तुक जोड़ना अक्षम्य अपराध था। इससे बढ़कर कागज का दुरुपयोग और विषय का निरादर और हो ही क्या सकता था? फिर जिस विद्यार्थी की बुद्धि अंकों के बीहड़ बन में पग-पग पर उलझती है उससे तो गुरु यही आशा रखता है कि वह हर साँस को अंक जोड़ने-घटाने की क्रिया बना रहा होगा। यदि वह सारी धरती को कागज बनाकर प्रश्नों को हल करने के प्रयास से नहीं भर सकता तो उसे कम से कम सौ-पचास पृष्ठ, सही न सही तो गलत प्रश्न-उत्तरों से भर लेना चाहिए। तब उसकी भ्रान्त बुद्धि को प्रकृतिदत्त मानकर उसे क्षमादान का पात्र समझा जा सकता है, पर जो तुकबन्दी जैसे कार्य से बुद्धि की धार गोंठिल कर रहा है वह तो पूरी शक्ति से दुर्बल होने की मूर्खता करता है, अतः उसके लिए न सहानुभूति का प्रश्न उठता है न क्षमा का।

मैंने होंठ भींच कर न रोने का जो निश्चय किया वह न टूटा तो न टूटा। अन्त में मुझे शक्ति-परीक्षा में उत्तीर्ण देख सुभद्रा जी ने उत्फुल्ल भाव से कहा, 'अच्छी तो लिखती हो। भला सवाल हल करने में एक दो तीन जोड़ लेना कोई बड़ा काम है!' मेरी चोट अभी दुःख रही थी, परन्तु उनकी सहानुभूति और आत्मीय भाव का परिचय पाकर आँखें सजल हो आईं। 'तुमने सबसे क्यों बताया?' का सहास उत्तर मिला— 'हमें भी तो सहना पड़ता है। अच्छा हुआ अब दो साथी हो गए।'

बहिन सुभद्रा का चित्र बनाना कुछ सहज नहीं है क्योंकि चित्र की साधारण जान पड़ने वाली प्रत्येक रेखा के लिए उनकी भावना की दीप्ति 'संचारिणी दीपशिखेव' बनकर उसे असाधारण कर देती है। एक-एक करके देखने से कुछ भी विशेष नहीं कहा जाएगा, परन्तु सबकी समग्रता में जो उद्भासित होता था, उसे दृष्टि से अधिक हृदय ग्रहण करता था।

मझोले कद तथा उस समय की कृश देह-यष्टि में ऐसा कुछ उग्र या रौद्र नहीं था जिसकी हम वीरगीतों की कवयित्री में कल्पना करते हैं। कुछ गोल मुख, चौड़ा माथा, सरल भृकुटियाँ, बड़ी और भाव-स्नात आँखें, छोटी सुडौल नासिका, हँसी को जमा कर गढ़े हुए-से ओठ और दृढ़ता सूचक ठुड्डी......सब कुछ मिलाकर एक अत्यन्त निश्छल कोमल, उदार व्यक्तित्व वाली भारतीय नारी का ही पता देते थे। पर उस व्यक्तित्व के भीतर जो बिजली का छन्द था, उसका पता तो तब मिलता था, जब उनके और उनके निश्चित लक्ष्य के बीच में कोई बाधा आ उपस्थित होती थी। 'मैंने हँसना सीखा है, मैं नहीं जानती रोना' कहने वाली की हँसी निश्चय ही असाधारण थी। माता की गोद में दूध पीता बालक जब अचानक हँस पड़ता है, तब उसकी दूध से धुली हँसी में जैसी निश्चिन्त तृप्ति और सरल विश्वास रहता है, बहुत कुछ वैसा

ही भाव सुभद्रा जी की हँसी में मिलता था। वह संक्रामक भी कम नहीं थी क्योंकि दूसरे भी उनके सामने बात करने में अधिक हँसने को महत्त्व देने लगते थे।

वे अपने बचपन की एक घटना सुनाती थीं। कृष्ण और गोपियों की कथा सुनकर एक दिन बालिका सुभद्रा ने निश्चय किया कि वह गोपी बन कर ग्वालों के साथ कृष्ण को ढूँढ़ने जाएगी।

दूसरे दिन वह लकुटी लेकर गायों और ग्वालों के झुंड के साथ कीकर और बबूल से भरे जंगल में पहुँच गई। गोधूली वेला में चरवाहे और गायें तो घर की ओर लौट गए, पर गोपी बनने की साधवाली बालिका कृष्ण को खोजती ही रह गई। उसके पैरों में काँटे चुभ गए, कँटीली झाड़ियों में कपड़े उलझ कर फट गए, प्यास से कंठ सूख गया और पसीने पर धूल की पर्त जम गई, पर वह धुनवाली बालिका लौटने को प्रस्तुत नहीं हुई। रात होते देख घर वालों ने उन्हें खोजना आरम्भ किया और ग्वालों से पूछते-पूछते अँधेरे करील-वन में उन्हें पाया।

अपने निश्चित लक्ष्य-पथ पर अडिग रहना और सब-कुछ हँसते-हँसते सहना उनका स्वभावजात गुण था। क्रास्थवेट गर्ल्स कालेज में जब वे आठवीं कक्षा की विद्यार्थिनी थीं, तभी उनका विवाह हुआ और उन्होंने पतिगृह के लिए प्रस्थान किया। स्वतन्त्रता के युद्ध के लिए सन्नद्ध सेनानी पति को वे विवाह से पहले देख भी चुकी थीं और उनके विचारों से भी परिचित थीं। उनसे यह छिपा नहीं था कि नववधू के रूप में उनका जो प्राप्य है उसे देने का न पति को अवकाश है न लेने का उन्हें। वस्तुतः जिस विवाह में मंगल-कंकण ही रण-कंकण बन गया, उसकी गृहस्थी भी कारागार में ही बसाई जा सकती थी और उन्होंने बसाई भी वहीं। पर इस साधना की मर्मव्यथा को वही नारी जान सकती है जिसने अपनी देहली पर खड़े होकर भीतर के मंगल चौक पर रखे मंगल कलश, तुलसी-चौरे पर जलते हुए घी के दीपक और हर कोने से स्नेह भरी बाँहें फैलाये हुए अपने घर पर दृष्टि डाली हो और फिर बाहर के अन्धकार, आँधी और तूफान को तोला हो और तब घर की सुरक्षित सीमा पार कर, उसके सुन्दर मधुर आह्वान की ओर से पीठ फेर कर अँधेरे रास्ते पर काँटों से उलझती चल पड़ी हो। उन्होंने हँसते-हँसते ही बताया था कि जेल जाते समय उन्हें इतनी अधिक फूल-मालाएँ मिल जाती थीं कि वे उन्हीं का तकिया बना लेती थीं और लेटकर पुष्प-शय्या के सुख का अनुभव करती थीं।

एक बार भाई लक्ष्मण सिंह जी ने मुझसे सुभद्रा जी की स्नेहभरी शिकायत की, 'इन्होंने मुझसे कभी कुछ नहीं माँगा।' सुभद्रा जी ने अर्थ भरी हँसी में उत्तर दिया था,

'इन्होंने पहले ही दिन मुझसे कुछ माँगने का अधिकार माँग लिया था महादेवी! यह ऐसे ही होशियार हैं, माँगती तो वचन भंग का दोष मेरे सर पड़ता, नहीं माँगा तो इनके अहंकार को ठेस लगती है।'

घर और कारागार के बीच में जीवन का जो क्रम विवाह के साथ आरम्भ हुआ था वह अन्त तक चलता ही रहा। छोटे बच्चों को जेल के भीतर और बड़ों को बाहर रखकर वे अपने मन को कैसे संयत रख पाती थीं यह सोचकर विस्मय होता है। कारागार में जो सम्पन्न परिवारों की सत्याग्रही माताएँ थीं, उनके बच्चों के लिए बाहर से न जाने कितना मेवा-मिष्ठान्न आता रहता था। सुभद्रा जी की आर्थिक परिस्थितियों में जेल-जीवन का ए और सी क्लास समान ही था। एक बार जब भूख से रोती बालिका को बहलाने के लिए कुछ नहीं मिल सका तब उन्होंने अरहर दलने वाली महिला-कैदियों से थोड़ी-सी अरहर की दाल ली और उसे तवे पर भून कर बालिका को खिलाया। घर आने पर भी उनकी दशा द्रोणाचार्य जैसी हो जाती थी, जिन्हें दूध के लिए मचलते हुए बालक अश्वत्थामा को चावल के घोल से सफेद पानी देकर बहलाना पड़ा था। पर इन परीक्षाओं से उनका मन न कभी हारा न उसने परिस्थितियों को अनुकूल बनाने के लिए कोई समझौता स्वीकार किया।

उनके मानसिक जगत में हीनता की किसी ग्रन्थि के लिए कभी अवकाश नहीं रहा, घर से बाहर बैठकर वे कोमल और ओज भरे छन्द लिखनेवाले हाथों से गोबर के कंडे पाथती थीं। घर के भीतर तन्मयता से आँगन लीपती थीं, बर्तन माँजती थीं। आँगन लीपने की कला में मेरा भी कुछ प्रवेश था, अतः प्रायः हम दोनों प्रतियोगिता के लिए आँगन के भिन्न-भिन्न छोरों से लीपना आरम्भ करते थे। लीपने में हमें अपने से बड़ा कोई विशेषज्ञ मध्यस्थ नहीं प्राप्त हो सका, अतः प्रतियोगिता का परिणाम सदा अघोषित ही रह गया, पर आज मैं स्वीकार करती हूँ कि ऐसे कार्य में एकान्त तन्मयता केवल उसी गृहिणी में सम्भव है जो अपने घर की धरती को समस्त हृदय से चाहती हो और सुभद्रा ऐसी ही गृहिणी थीं। उस छोटे-से अधबने घर की छोटी-सी सीमा में उन्होंने क्या नहीं संगृहीत किया। छोटे-बड़े, रंग-बिरंगे फूलों के पौधों की क्यारियाँ, ऋतु के अनुसार तरकारियाँ, गाय, बच्छे आदि-आदि बड़ी गृहस्थी की सब सज्जा वहाँ विराट दृश्य के छोटे चित्र के समान उपस्थित थी। अपने इस आकार में छोटे साम्राज्य को उन्होंने अपने ममता के जादू से इतना विशाल बना रखा था कि उसके द्वार पर न कोई अनाहूत रहा और न निराश लौटा। जिन संघर्षों के बीच उन्हें मार्ग बनाना पड़ा वे किसी भी व्यक्ति को अनुदार और कटु बनाने में समर्थ थे। पर सुभद्रा के भीतर बैठी सृजनशीला नारी जानती थी कि काँटों का स्थान जब चरणों के नीचे रहता है तभी

वे टूट कर दूसरों को बेधने की शक्ति खोते हैं। परीक्षाएँ जब मनुष्य के मानसिक स्वास्थ्य को क्षत-विक्षत कर डालती हैं तब उन्हें उत्तीर्ण होने-न-होने का कोई मूल्य नहीं रह जाता।

नारी के हृदय में जो गम्भीर ममता-सजल वीर-भाव उत्पन्न होता है वह पुरुष के उग्र शौर्य से अधिक उदात्त और दिव्य रहता है। पुरुष अपने व्यक्तिगत या समूहगत रागद्वेष के लिए भी वीर धर्म अपना सकता है और अहंकार की तृप्ति-मात्र के लिए भी। पर नारी अपने सृजन की बाधाएँ दूर करने के लिए या अपनी कल्याणी सृष्टि की रक्षा के लिए ही रुद्र बनती है। अतः उसकी वीरता के समकक्ष रखने योग्य प्रेरणाएँ संसार के कोश में कम हैं। मातृ-शक्ति का दिव्य रक्षक उद्धारक रूप होने के कारण ही भीमाकृति चंडी, वत्सला अम्बा भी है, जो हिंसात्मक पाशविक शक्तियों को चरणों के नीचे दबाकर अपनी सृष्टि के मंगल की साधना करती है।

सुभद्रा जो महिमामयी माँ थी, उसकी वीरता का उत्स भी वात्सल्य ही कहा जा सकता है। न उनका जीवन किसी क्षणिक उत्तेजना से संचलित हुआ न उनकी ओज भरी कविता वीर-रस की घिसी-पिटी लीक पर चली। उनके जीवन में जो एक निरन्तर निखरता हुआ कर्म का तारतम्य है वह ऐसी अंतर-व्यापिनी निष्ठा से जुड़ा हुआ है जो क्षणिक उत्तेजना का दान नहीं मानी जा सकती। इसी से जहाँ दूसरों को यात्रा का अन्त दिखायी दिया वहीं उन्हें नई मंजिल का बोध हुआ।

थक कर बैठने वाला अपने न चलने की सफाई खोजते-खोजते लक्ष्य पा लेने की कल्पना कर सकता है, पर चलने वाले को इसका अवकाश कहाँ!

जीवन के प्रति ममता भरा विश्वास ही उनके काव्य का प्राण है :

सुख भरे सुनहले बादल
रहते हैं मुझको घेरे।
विश्वास प्रेम साहस हैं
जीवन के साथी मेरे।

मधुमक्षिका जैसे कमल से लेकर भटकटैया तक और रसाल से लेकर आक तक, सब मधुर-तिक्त एकत्र करके उसे अपनी शक्ति से एक मधु बनाकर लौटाती है, बहुत कुछ वैसा ही आदान सम्प्रदान सुभद्रा जी का था। सभी कोमल-कठिन, सह्य-असह्य अनुभवों का परिपाक दूसरों के लिए एक ही होता था। इसका यह तात्पर्य नहीं है कि उनमें विवेचन की तीक्ष्ण दृष्टि का अभाव था। उनकी कहानियाँ प्रमाणित करती

हैं कि उन्होंने जीवन और समाज की अनेक समस्याओं पर विचार किया और कभी अपने निष्कर्ष के साथ और कभी दूसरों के निष्कर्ष के लिए उन्हें बड़े चामत्कारिक ढंग से उपस्थित किया।

जब स्त्री का व्यक्तित्व उसके पति से स्वतन्त्र नहीं माना जाता था तब वे कहती हैं, ''मनुष्य की आत्मा स्वतन्त्र है। फिर चाहे वह स्त्री-शरीर के अन्दर निवास करती हो चाहे पुरुष-शरीर के अन्दर। इसी से पुरुष और स्त्री का अपना-अपना व्यक्तित्व अलग-अलग रहता है।' जब समाज और परिवार की सत्ता के विरुद्ध कुछ कहना अधर्म माना जाता था तब वे कहतीं हैं, 'समाज और परिवार व्यक्ति को बन्धन में बाँधकर रहते हैं। ये बन्धन देशकालानुसार बदलते रहते हैं और उन्हें बदलते रहना चाहिए वरना वे व्यक्तित्व के विकास में सहायता करने के बदले बाधा पहुँचाने लगते हैं। बन्धन कितने ही अच्छे उद्देश्य से क्यों न नियत किये गये हों, हैं बन्धन ही, और जहाँ बन्धन है वहाँ असन्तोष है तथा क्रान्ति है।'

परम्परा का पालन ही जब स्त्री का परम कर्त्तव्य समझा जाता था तब वे उसे तोड़ने की भूमिका बाँधती है, 'चिर-प्रचलित रूढ़ियों और चिरसंचित विश्वासों को आघात पहुँचाने वाली हलचलों को हम देखना-सुनना नहीं चाहते। हम ऐसी हलचलों को अधर्म समझ कर उनके प्रति आँख मींच लेना उचित समझते हैं, किन्तु ऐसा करने से काम नहीं चलता। वह हलचल और क्रान्ति हमें बरबस झकझोरती है और बिना होश में लाये नहीं छोड़ती।'

अनेक समस्याओं की ओर उनकी दृष्टि इतनी पैनी है कि सहज भाव से कही सरल कहानी का अन्त भी हमें झकझोर डालता है।

वे राजनीतिक जीवन में ही विद्रोहिणी नहीं रहीं, अपने पारिवारिक जीवन में भी उन्होंने अपने विद्रोह को सफलतापूर्वक उतार कर उसे सृजन का रूप दिया था।

सुभद्रा जी के अध्ययन का क्रम असमय ही भंग हो जाने के कारण उन्हें विश्वविद्यालय की शिक्षा तो नहीं मिल सकी, पर अनुभव की पुस्तक से उन्होंने जो सीखा उसे उनकी प्रतिभा ने सर्वथा निजी विशेषता दे दी है।

भाषा, भाव छन्द की दृष्टि से नये, 'झाँसी की रानी' जैसे वीरगीत तथा सरल स्पष्टता में मधुर प्रगीत मुक्त, यथार्थवादिनी मार्मिक कहानियाँ आदि उनकी मौलिक प्रतिभा के ही सृजन हैं।

ऐसी प्रतिभा व्यावहारिक जीवन को अछूता छोड़ देती तो आश्चर्य की बात होती।

पत्नी की अनुगामिनी, अर्धांगिनी आदि विशेषताओं को अस्वीकार कर उन्होंने भाई लक्ष्मण सिंह जी को पत्नी के रूप में ऐसा अभिन्न मित्र दिया जिसकी बुद्धि और शक्ति पर निर्भर रहकर अनुगमन किया जा सके।

अजगर की कुंडली के समान, स्त्री के व्यक्तित्व को कस कर चूर-चूर कर देने वाले अनेक सामाजिक बन्धनों को तोड़ फेंकने में उनका जो प्रयास लगा होगा, उसका मूल्यांकन आज सम्भव नहीं है।

उस समय बच्चों के लालन-पालन में मनोविज्ञान को इतना महत्त्वपूर्ण स्थान नहीं मिला था और प्रायः सभी माता-पिता बच्चों को शिष्टता सिखाने में स्वयं अशिष्टता की सीमा तक पहुँच जाते थे। सुभद्रा जी का कवि-हृदय यह विधान कैसे स्वीकार कर सकता था! अतः उनके बच्चों को विकास का जो मुक्त वातावरण मिला उसे देखकर सब समझदार निराशा से सिर हिलाने लगे। पर जिस प्रकार यह सत्य है कि सुभद्रा जी ने अपने किसी बच्चे को उसकी इच्छा के विरुद्ध कुछ करने के लिए बाध्य नहीं किया, उसी प्रकार यह भी सत्य है कि किसी बच्चे ने ऐसा कोई कार्य नहीं किया जिससे उसकी महीयसी माँ को किंचित् भी क्षुब्ध होने का कारण मिला हो। उनके वात्सल्य का विधान ऐसा ही अलिखित और अटूट था।

अपनी सन्तान के भविष्य को सुखमय बनाने के लिए उनके निकट कोई भी त्याग अकरणीय नहीं रहा। पुत्री के विवाह के विषय में तो उन्हें अपने परिवार से भी संघर्ष करना पड़ा।

उन्होंने एक क्षण के लिए भी इस असत्य को स्वीकार नहीं किया कि जातिवाद की संकीर्ण तुला पर ही वर की योग्यता तोली जा सकती है। इतना ही नहीं, जिस कन्यादान की प्रथा का सब मूक-भाव से पालन करते आ रहे थे उसी के विरुद्ध उन्होंने घोषणा की, 'मैं कन्यादान नहीं करूँगी। क्या मनुष्य मनुष्य को दान करने का अधिकारी है? क्या विवाह के उपरान्त मेरी बेटी मेरी नहीं रहेगी?' उस समय तक किसी ने, और विशेषतः किसी स्त्री ने, ऐसी विचित्र और परम्परा-विरुद्ध बात नहीं कही थी। देश की जिस स्वतन्त्रता के लिए उन्होंने अपने जीवन के वासन्ती सपने अंगारों पर रख दिये थे, उसकी प्राप्ति के उपरान्त भी जब उन्हें सब ओर अभाव और पीड़ा दिखाई दी तब उन्होंने अपने संघर्षकालीन साथियों से भी विद्रोह किया। उनकी उग्रता का अंतिम परिचय तो विश्ववन्द्य बापू की अस्थि-विसर्जन के दिन प्राप्त हुआ। वे कई सौ हरिजन महिलाओं के जुलूस के साथ-साथ सात मील पैदल चल कर नर्मदा किनारे पहुँचीं। पर अन्य सम्पन्न परिवारों की सदस्याएँ मोटरों पर ही जा सकीं। जब

अस्थि-प्रवाह के उपरान्त संयोजित सभा के घेरे में इन पैदल आने वालों को स्थान नहीं दिया गया तब सुभद्रा जी का क्षुब्ध हो जाना स्वाभाविक ही था। उनका क्षात्रधर्म तो किसी प्रकार के अन्याय के प्रति क्षमाशील हो नहीं सकता था। जब उन हरिजनों को उनका प्राप्य दिला सकीं तभी वे स्वयम् सभा में सम्मिलित हुईं।

सातवीं और पाँचवीं कक्षा की विद्यार्थिनियों ने सख्य को सुभद्रा जी के सरल स्नेह ने ऐसी अमिट लक्ष्मण-रेखा से घेर कर सुरक्षित रखा कि समय उस पर कोई रेखा नहीं खींच सका। अपने भाई-बहिनों में सबसे बड़ी होने के कारण मैं अनायास ही सबकी देखरेख और चिन्ता की अधिकारिणी बन गई थी। परिवार में जो मुझसे बड़े थे उन्होंने भी मुझे ब्रह्मसूत्र की मोटी पोथी में आँख गड़ाये देखकर अपनी चिन्ता की परिधि से बाहर समझ लिया था। पर केवल सुभद्रा पर न मेरी मोटी पोथियों का प्रभाव पड़ा, न मेरी समझदारी का। अपने व्यक्तिगत सम्बन्धों में हम कभी कुतूहली बाल-भाव से मुक्त नहीं हो सके। सुभद्रा के मेरे घर आने पर भक्तिन तक मुझ पर रोब जमाने लगती थी। क्लास में पहुँच कर वह उनके आगमन की सूचना इतने ऊँचे स्वर में इस प्रकार देती कि मेरी स्थिति ही विचलित हो जाती 'ऊ सहोदरा विचरिअऊ तो इनका देखै बरे आई के अकेली सूने घर माँ बैठी हैं। अउर इनका किताबियन से फुरसत नाहिन बा।' एम० ए०, बी० ए० के विद्यार्थियों के सामने जब एक देहातिन बुढ़िया गुरु पर कर्त्तव्य-उल्लंघन का ऐसा आरोप लगाने लगे तो बेचारे गुरु की सारी प्रतिष्ठा किरकिरी हो सकती थी। पर इस अनाचार को रोकने का कोई उपाय नहीं था। सुभद्रा जी के सामने न भक्तिन को डाँटना सम्भव था न उसके कथन की उपेक्षा करना। बँगले में आकर देखती कि सुभद्रा जी रसोईघर में या बरामदे में भानमती का पिटारा खोले बैठी हैं और उसमें से अद्भुत वस्तुएँ निकल रही हैं। छोटी-छोटी पत्थर या शीशे की प्यालियाँ, मिर्च का अचार, बासी पूरी, पेड़े, रंगीन चकला-बेलन, चुटीली, नीली-सुनहली चूड़ियाँ आदि-आदि सब कुछ मेरे लिए आया है, इस पर कौन विश्वास करेगा! पर वह आत्मीय उपहार मेरे निमित्त ही आता था।

ऐसे भी अवसर आ जाते थे जब वे किसी कवि-सम्मेलन में आते-जाते प्रयाग उतर नहीं पाती थीं और मुझे स्टेशन जाकर ही उनसे मिलना पड़ता था। ऐसी कुछ क्षणों की भेंट में भी एक दृश्य की अनेक आवृत्तियाँ होती ही रहती थीं। वे अपने थैले से दो चमकीली चूड़ियाँ निकाल कर हँसती हुई पूछतीं, 'पसन्द हैं? मैंने दो तुम्हारे लिए, दो अपने लिए खरीदी थीं। तुम पहनने में तोड़ डालोगी। लाओ अपना हाथ, मैं पहना देती हूँ।' पहन लेने पर वे बच्चों के समान प्रसन्न हो उठतीं।

हम दोनों जब साथ रहती थीं तब बात एक मिनिट और हँसी पाँच मिनिट का अनुपात रहता था। इसी से प्रायः किसी सभा-समिति में जाने के पहले न हँसने का निश्चय करना पड़ता था। एक-दूसरे की ओर बिना देखे गम्भीर भाव से बैठे रहने की प्रतिज्ञा करके भी वहाँ पहुँचते ही एक-न-एक वस्तु या दृश्य सुभद्रा के कुतूहली मन को आकर्षित कर लेता और मुझे दिखाने के लिए वे चिकोटी तक काटने से नहीं चूकतीं। तब हमारी शोभा-सदस्यता की जो स्थिति हो जाती थी, उसका अनुमान सहज है।

अनेक कवि-सम्मेलनों में हमने साथ भाग लिया था, पर जिस दिन मैंने अपने न जाने का निश्चय और उसका औचित्य उन्हें बता दिया उस दिन से अन्त तक कभी उन्होंने मेरे निश्चय के विरुद्ध कोई आग्रह नहीं किया। आर्थिक स्थितियाँ उन्हें ऐसे निमंत्रण स्वीकार करने के लिए विवश कर देती थीं, परन्तु मेरा प्रश्न उठते ही वे कह देती थीं, मैं तो विवशता से जाती हूँ, पर महादेवी नहीं जाएगी, नहीं जाएगी।

साहित्य-जगत में आज जिस सीमा तक व्यक्तिगत स्पर्द्धा, ईर्ष्या-द्वेष है, उस सीमा तक तब नहीं था, यह सत्य है, पर एक-दूसरे के साहित्य चरित्र-स्वभाव सम्बन्धी निन्दा-पुराण तो सब युगों में नानी की कथा के समान लोकप्रियता पा लेता है। अपने किसी भी परिचित-अपरिचित साहित्य-साथी की त्रुटियों के प्रति सहिष्णु रहना और उसके गुणों के मूल्यांकन में उदारता से काम लेना सुभद्रा जी की निजी विशेषता थी। अपने को बड़ा बनाने के लिए दूसरों को छोटा प्रमाणित करने की दुर्बलता उनमें असम्भव थी।

●

बसन्त पंचमी को पुष्पाभरणा, आलोकवसना धरती की छवि आँखों में भर कर सुभद्रा ने विदा ली। उनके लिए किसी अन्य विदा की कल्पना ही कठिन थी।

एक बार बात करते-करते मृत्यु की चर्चा चल पड़ी थी। मैंने कहा, 'मुझे तो उस लहर की-सी मृत्यु चाहिए जो तट पर दूर तक आकर चुपचाप समुद्र में लौट कर समुद्र बन जाती है।' सुभद्रा बोलीं, 'मेरे मन में तो मरने के बाद भी धरती छोड़ने की कल्पना नहीं है। मैं चाहती हूँ, मेरी एक समाधि हो, जिसके चारों ओर नित्य मेला लगता रहे, बच्चे खेलते रहें, स्त्रियाँ गाती रहें और कोलाहल होता रहे। अब बताओ तुम्हारी नामधाम रहित लहर से यह आनन्द अच्छा है या नहीं।'

●

उस दिन जब उनके पार्थिव अवशेष को त्रिवेणी ने अपने श्यामल उज्ज्वल अंचल में समेट लिया तब नीलम-फलक पर श्वेत चन्दन से बने उस चित्र की रेखाओं में बहुत वर्षों पहले देखा एक किशोर-मुख मुस्कुराता जाना पड़ा।

यहीं कहीं पर बिखर गई वह

छिन्न विजय-माला सी!

□□

श्री सूर्यकान्त त्रिपाठी 'निराला' जी की हस्तलिपि

नाचीं नदियाँ, पक्ष-पात सुघर,
उछलती कटि, घूम रहे झुककर;
वैसी ही छवि उर-पर निडर,
निर्भर समीर के साथ भ्रमण।

—निराला
२६.[illegible] ५६.

सूर्यकांत त्रिपाठी 'निराला'

एक युग बीत जाने पर भी मेरी स्मृति से एक घटा भरी अश्रु-मुखी सावनी पूर्णिमा की रेखाएँ नहीं मिट सकी हैं। उन रेखाओं के उजले रंग न जाने किस व्यथा से गीले हैं कि अब तक सूख भी नहीं पाये, उड़ना तो दूर की बात है।

उस दिन मैं बिना कुछ सोचे हुए ही भाई निराला जी से पूछ बैठी थी, 'आपके किसी ने राखी नहीं बाँधी?' अवश्य ही उस समय मेरे सामने बन्धन शून्य कलाई और पीले कच्चे सूत की ढेरों राखियाँ लेकर घूमने वाले यजमान-खोजियों का चित्र था। पर अपने प्रश्न के उत्तर ने मुझे क्षण भर के लिए चौंका दिया!

'कौन बहिन हम ऐसे भुक्खड़ को भाई बनावेगी!' में उत्तर देने वाले के एकाकी जीवन की व्यथा थी या चुनौती, यह कहना कठिन है। पर जान पड़ता है किसी अव्यक्त चुनौती के आभास ने ही मुझे उस हाथ के अभिषेक की प्रेरणा दी, जिसने दिव्य वर्ण-गंध-मधु वाले गीत सुमनों से भारती की अर्चना भी की है और बर्तन माँजने, पानी भरने जैसी कठिन श्रम-साधना से उत्पन्न स्वेद-बिन्दुओं से मिट्टी का श्रृंगार भी किया है।

मेरा प्रयास किसी भी जीवन्त बवण्डर को कच्चे सूत में बाँधने जैसा था या किसी उच्छल महानद को मोम की तटों में सीमित करने के समान, यह सोचने-विचारने का तब अवकाश नहीं था। पर आने वाले वर्ष निराला जी के संघर्ष के ही नहीं, मेरी परीक्षा के भी रहे हैं। मैं किस सीमा तक सफल हो सकी हूँ, यह मुझे ज्ञात नहीं; पर लौकिक दृष्टि से निःस्व निराला हृदय की निधियों में सबसे समृद्ध भाई हैं, यह स्वीकार करने में मुझे द्विविधा नहीं। उन्होंने अपने सहज विश्वास से मेरे कच्चे सूत के बन्धन को जो दृढ़ता और दीप्ति दी है वह अन्यत्र दुर्लभ रहेगी।

दिन-रात के पगों से वर्षों की सीमा पार करने वाले अतीत ने आग के अक्षरों में आँसू के रंग भर-भर कर ऐसी अनेक चित्र-कथाएँ आँक डाली हैं, जिनमें इस महान कवि और असाधारण मानव के जीवन की मार्मिक झाँकी मिल सकती है। पर उन सबको सँभाल सके ऐसा एक चित्राधार पा लेना सहज नहीं।

उनके अस्त-व्यस्त जीवन को व्यवस्थित करने के असफल प्रयासों का स्मरण

कर मुझे आज भी हँसी आ जाती है। एक बार अपनी निर्बन्ध उदारता की तीव्र आलोचना सुनने के बाद उन्होंने व्यवस्थित रहने का वचन दिया।

संयोग से तभी उन्हें कहीं से तीन सौ रुपये मिल गये। वही पूँजी मेरे पास जमा करके उन्होंने मुझे अपने खर्च का बजट बना देने का आदेश दिया।

जिन्हें मेरा व्यक्तिगत हिसाब रखना पड़ता है, वे जानते हैं कि यह कार्य मेरे लिए कितना दुष्कर है? न वे मेरी चादर लम्बी कर पाते हैं न मुझे पैर सिकोड़ने पर बाध्य कर सकते हैं, और इस प्रकार एक विचित्र रस्साकशी में तीस दिन बीतते रहते हैं।

पर यदि अनुत्तीर्ण परीक्षार्थियों की प्रतियोगिता हो तो सौ में दस अंक पाने वाला भी अपने-आपको शून्य पाने वाले से श्रेष्ठ मानेगा।

अस्तु, नमक से लेकर नापित तक और चप्पल से लेकर मकान के किराये तक का जो अनुमान-पत्र मैंने बनाया वह जब निराला जी को पसन्द आ गया, तब पहली बार मुझे अपने अर्थशास्त्र के ज्ञान पर गर्व हुआ। पर दूसरे ही दिन से मेरे गर्व की व्यर्थता सिद्ध होने लगी। वे सवेरे ही पहुँचे। पचास रुपये चाहिए...... किसी विद्यार्थी का परीक्षा-शुल्क जमा करना है, अन्यथा वह परीक्षा में नहीं बैठ सकेगा। सन्ध्या होते-होते किसी साहित्यिक मित्र को साठ देने की आवश्यकता पड़ गई। दूसरे दिन लखनऊ के किसी ताँगे वाले की माँ को चालीस मनीआर्डर करना पड़ा। दोपहर को किसी दिवंगत मित्र की भतीजी के विवाह के लिए सौ देना अनिवार्य हो गया। सारांश यह कि तीसरे दिन उनका जमा किया हुआ रुपया समाप्त हो गया और तब उनके व्यवस्थापक के नाते यह दान-खाता मेरे हिस्से आ पड़ा।

एक सप्ताह में मैंने समझ लिया कि यदि ऐसे औढर दानी को न रोका जावे तो यह मुझे भी अपनी स्थिति में पहुँचाकर दम लेंगे। तब से फिर कभी उनका बजट बनाने का दुस्साहस मैंने नहीं किया। पर उनकी अस्त-व्यस्तता में बाधा पहुँचाने का अपना स्वभाव मैं अब तक नहीं बदल सकी हूँ।

बड़े प्रयत्न से बनवाई रजाई, कोट जैसी नित्य व्यवहार की वस्तुएँ भी जब दूसरे दिन किसी अन्य का कष्ट दूर करने के लिए अन्तर्धान हो गईं, तब अर्थ के सम्बन्ध में क्या कहा जावे, जो साधन-मात्र है।

वह सन्ध्या भी मेरी स्मृति में विशेष महत्त्व रखती है जब श्रद्धेय मैथिलीशरण जी निराला जी का आतिथ्य ग्रहण करने गये।

बगल में गुप्त जी के बिछौने का बंडल दबाये, दियासलाई के क्षण प्रकाश क्षण अन्धकार में तंग सीढ़ियों का मार्ग दिखाते हुए निराला जी हमें उस कक्ष में ले गये

जो उनकी कठोर साहित्य-साधना का मूक साक्षी रहा है।

आले पर कपड़े की आधी जली बत्ती से भरा, पर तेल से खाली मिट्टी का दिया मानो अपने नाम की सार्थकता के लिए जल उठने का प्रयास कर रखा था। यदि उसके प्रयास को स्वर मिल सकता तो वह निश्चय ही हमें, मिट्टी के तेल की दूकान पर लगी भीड़ में सबसे पीछे खड़े, पर सबसे बालिश्त भर ऊँचे गृहस्वामी की दीर्घ, पर निष्फल प्रतीक्षा की कहानी सुना सकता। रसोईघर में दो-तीन अधजली लकड़ियाँ, औंधी पड़ी बटलोई और खूँटी से लटकती हुई आटे की छोटी-सी गठरी आदि मानो उपवास-चिकित्सा के लाभों की व्याख्या कर रहे थे।

वह आलोक रहित, सुख-सुविधा-शून्य घर, गृहस्वामी के विशाल आकार और उससे भी विशालतर आत्मीयता से भरा हुआ था। अपने संबंध नें बेसुध निराला जी अपने अतिथि की सुविधा के लिए सतर्क प्रहरी हैं। वैष्णव अतिथि की सुविधा का विचार कर वे नया घड़ा खरीद कर गंगाजल ले आये और धोती-चादर जो कुछ घर में मिल सका सब तख्त पर बिछाकर उन्हें प्रतिष्ठित किया।

तारों की छाया में उन दोनों मर्यादावादी और विद्रोही महाकवियों ने क्या कहा-सुना, यह मुझे ज्ञात नहीं, पर सवेरे गुप्तजी को ट्रेन में बैठाकर वे मुझे उनके सुख-शयन का समाचार देना न भूले।

ऐसे अवसरों की कमी नहीं जब वे अकस्मात् पहुँच कर कहने लगे...... मेरे इक्के पर कुछ लकड़ियाँ, थोड़ा घी आदि रखवा दो। अतिथि आए हैं, घर में सामान नहीं है।'

उनके अतिथि यहाँ भोजन करने आ जावें, सुनकर उनकी दृष्टि में बालकों जैसा विस्मय छलक आता है। जो अपना घर समझकर आये हैं, उनसे यह कैसे कहा जावे कि उन्हें भोजन के लिए दूसरे घर जाना होगा।

भोजन बनाने से लेकर जूठे बर्तन माँजने तक का काम वे अपने अतिथि देवता के लिए सहर्ष करते हैं। तैंतीस कोटि देवताओं के देश में इस वर्ग के देवताओं की संख्या कम नहीं, पर आधुनिक युग ने उनको पूजा विधि में बहुत कुछ सुधार कर लिया है। अब अतिथि-पूजा के वैसे कम ही आते हैं और यदि आ भी पड़े तो देवता के क्षौर, अभिषेक, शृंगार आदि संस्कार बेयरा, नौकर आदि ही सम्पन्न करा देते हैं। पुजारी गृहपति को तो भोग लगाने की मेज पर उपस्थित रहने भर का कर्त्तव्य सँभालना पड़ता है। कुछ देवता इस कर्त्तव्य से भी उसे मुक्ति दे देते हैं।

ऐसे युग में आतिथ्य की दृष्टि से निराला जी में वही पुरातन संस्कार है जो इस

देश के ग्रामीण किसान में मिलता है।

उनके भाव की अतल गहराई और अबाध वेग भी आधुनिक सभ्यता के छिछले और बँधे भाव-व्यापार से भिन्न हैं।

उनकी व्यथा की सघनता जानने का मुझे एक अवसर मिला है। श्री सुमित्रानन्दन जी दिल्ली में टाइफाइड ज्वर से पीड़ित थे। इसी बीच घटित को साधारण और अघटित को समाचार मानने वाले किस समाचार-पत्र ने उनके स्वर्गवास की झूठी खबर छाप डाली।

निराला जी कुछ ऐसी आकस्मिकता के साथ आ पहुँचे थे कि मैं उनसे यह समाचार छिपाने का भी अवकाश न पा सकी। समाचार के सत्य में मुझे विश्वास नहीं था, पर निराला जी तो ऐसे अवसर पर तर्क की शक्ति ही खो बैठते हैं। वे लड़खड़ा कर सोफे पर बैठ गए और किसी अव्यक्त वेदना की तरंग के स्पर्श से मानो पाषाण में परिवर्तित होने लगे। उनकी झुकी पलकों से घुटनों पर चूने वाली आँसू की बूँदें बीच-बीच में ऐसे चमक जाती थीं मानो प्रतिमा से झड़े जूही के फूल हों।

स्वयं अस्थिर होने पर भी मुझे निराला जी को सान्त्वना देने के लिए स्थिर होना पड़ा। यह सुनकर कि मैंने ठीक समाचार जानने के लिए तार दिया है, वे व्यथित प्रतीक्षा की मुद्रा में तब तक बैठे रहे जब तक रात में मेरा फाटक बंद होने का समय न आ गया।

सबेरे चार बजे ही फाटक खटखटा कर जब उन्होंने तार के उत्तर के सम्बन्ध में पूछा तब मुझे ज्ञात हुआ कि वे रात भर पार्क में खुले आकाश के नीचे ओस से भीगी दूब पर बैठे सवेरे की प्रतीक्षा करते रहे हैं। उनकी निस्तब्ध पीड़ा जब कुछ मुखर हो सकी, तब वे इतना ही कह सके, 'अब हम भी गिरते हैं। पन्त के साथ तो रास्ता कम अखरता था, पर अब सोचकर ही थकावट होती है।'

प्रायः एक स्पर्धा का तार हमारे सौहार्द के फूलों को बेधकर उन्हें एकत्र रखता है। फूल के झड़ते या खिसकते ही काला तार मात्र रह जाता है इसी से हमें किसी सहयोगी का बिछोह अकेलेपन की तीव्र अनुभूति नहीं देता। निराला जी के सौहार्द और विरोध दोनों एक आत्मीयता के वृन्त पर खिले दो फूल हैं। वे खिल कर वृन्त का शृंगार करते हैं और झड़कर उसे अकेला और सूना कर देते हैं। मित्र का तो प्रश्न ही क्या,ऐसा कोई विरोधी भी नहीं जिसका अभाव उन्हें विकल न कर देगा।

गत मई मास की, लपटों में साँस लेने वाली दोपहरी भी मेरी स्मृति पर एक जलती रेखा खींच गई है। शरीर से शिथिल और मन से क्लान्त निराला जी मलिन

फटे अधोवस्त्र को लपेटे और वैसा ही जीर्ण-शीर्ण उत्तरीय ओढ़े धूल-धूसरित पैरों के साथ मेरे द्वार पर आ उपस्थित हुए। अपरा पर इक्कीस सौ पुरस्कार की सूचना मिलने पर उन्होंने मुझे लिखा था कि मैं अपनी सांस्थिक मर्यादा से वह रुपया मँगवा लूँ। अब वे कहने आए थे कि स्वर्गीय मुंशी नवजादिक लाल की विधवा को पचास प्रति मास के हिसाब से भेजने का प्रबन्ध कर दिया जावे।

'उक्त धन का कुछ अंश भी क्या वे अपने उपयोग में नहीं ला सकते' के उत्तर में उन्होंने उसी सरल विश्वास के साथ कहा, 'वह तो संकल्पित अर्थ है। अपने लिए उसका उपयोग करना अनुचित होगा।'

उन्हें व्यवस्थित करने के सभी प्रयास निष्फल रहे हैं, पर आज मुझे उसका खेद नहीं है। यदि वे हमारे कल्पित साँचे में समा जावें तो उनकी विशेषता ही क्या रहे?

इन बिखरे पृष्ठों में एक पर अनायास ही दृष्टि रुक जाती है। उसे मानो स्मृति ने विषाद की आर्द्रता में हँसी का कुमकुम घोलकर अंकित किया है।

साहित्यकार-संसद् में सब सुविधाएँ सुलभ होने पर भी उन्होंने स्वयंपाकी बनकर और एक बार भोजन करके जो अनुष्ठान आरम्भ किया था उसकी तो मैं अभ्यस्त हो चुकी थी। पर अचानक एक दिन जब उन्होंने पाव भर गेरू मँगवाने का आदेश दिया तब मैंने समझा कि उनके पित्ती निकल आई है, क्योंकि उसी रोग में गेरू मिले हुए आटे के पुये खाये जाते हैं और गेरू के चूर्ण का अंग-राग लगाया जाता है।

प्रश्नों के प्रति निराला जी कम सहिष्णु हैं और कुतूहल की दृष्टि से मैं कम जिज्ञासु हूँ! फिर भी उनकी सुविधा-असुविधा की चिन्ता के कारण मैं अनेक प्रश्न कर बैठती हूँ और मेरी सद्भावना में विश्वास के कारण वे उत्तरों का कष्ट सहन करते हैं।

मेरे मौन में मुखर चिन्ता के कारण ही उन्होंने अपना मन्तव्य स्पष्ट किया, 'अब हम संन्यास लेंगे।' मेरी उमड़ती हँसी को व्यथा के बाँध ने जहाँ-का-तहाँ ठहरा दिया। इस निर्मम युग ने इस महान कलाकार के पास ऐसा क्या छोड़ा है जिसे स्वयं छोड़कर यह त्याग का आत्मतोष भी प्राप्त कर सके। जिस प्रकार प्राप्ति हमारी कृतार्थता का फल है उसी प्रकार त्याग हमारी पूर्णता का परिणाम है। इन दोनों छोरों में से एक मनुष्य के भौतिक विकास का माप है और दूसरा मानसिक विस्तार की थाह। त्याग कभी भाव की अस्वीकृति है और कभी अभाव की स्वीकृति, पर तत्त्वतः दोनों कितने भिन्न हैं।

मैं सोच ही रही थी कि चि० वसन्त ने परिहास की मुद्रा में कहा, 'तब तो आपको

मधुकरी खाने की आवश्यकता पड़ेगी।'

खेद, अनुताप या पश्चात्ताप की एक भी लहर से रहित विनोद की एक प्रशान्त धारा पर तैरता हुआ निराला जी का उत्तर आया, 'मधुकरी तो अब भी खाते हैं।' जिसकी निधियों से साहित्य का कोश समृद्ध है उसने मधुकरी माँग कर जीवन-निर्वाह किया है, इस कटु सत्य पर, आने वाले युग विश्वास कर सकेंगे, यह कहना कठिन है।

गेरू में दोनों मलिन अधोवस्त्र और उत्तरीय कब रँग डाले गए इसका मुझे पता नहीं, पर एकादशी के सवेरे स्नान, हवन आदि कर जब वे निकले तब गैरिक परिधान पहन चुके थे। अँगौछे के अभाव और वस्त्रों में रंग की अधिकता के कारण उनके मुँह-हाथ आदि ही नहीं, विशाल शरीर भी गैरिक हो गया था, मानो सुनहली धूप में धुला गेरू के पर्वत का कोई शिखर हो।

बोले—'अब ठीक है। जहाँ पहुँचे किसी नीम, पीपल के नीचे बैठ गए। दो रोटियाँ माँग कर खा लीं और गीत लिखने लगे।'

इस सर्वथा नवीन परिच्छेद का उपसंहार कहाँ और कैसे होगा यह सोचते-सोचते मैंने उत्तर दिया, 'आपके संन्यास से मुझे तो इतना ही लाभ हुआ कि साबुन के कुछ पैसे बचेंगे। गेरुए वस्त्र तो मैले नहीं दिखेंगे! पर हानि यही है कि न जाने कहाँ-कहाँ छप्पर डलवाना पड़ेगा, क्योंकि धूप और वर्षा से पूर्णतया रक्षा करने वाले नीम और पीपल कम ही हैं।

मन में एक प्रश्न बार-बार उठता है क्या इस देश की सरस्वती अपने वैरागी...... पुत्रों की परम्परा अक्षुण्ण रखना चाहती है और क्या इस पथ पर पहले पग रखने की शक्ति उसने निराला जी में ही पाई है?

निराला जी अपने शरीर, जीवन और साहित्य सभी में असाधारण हैं। उनमें विरोधी तत्त्वों की भी सामंजस्यपूर्ण संधि है। उनका विशाल डीलडौल, देखने वाले के हृदय में जो आतंक उत्पन्न कर देता है उसे उनके मुख की सरल आत्मीयता दूर करती चलती है।

उनकी दृष्टि में दर्प और विश्वास की धूपछाँही द्वाभा है। इस दर्प का सम्बन्ध किसी हल्की मनोवृत्ति से नहीं और न उसे अहं का सस्ता प्रदर्शन ही कहा जा सकता है। अविराम संघर्ष और निरन्तर विरोध का सामना करने से उनमें जो एक आत्मनिष्ठा उत्पन्न हो गई है उसी का परिचय हम उनकी दृप्त-दृष्टि में पाते हैं। कभी-कभी यह गर्व व्यक्ति की सीमा पार कर इतना सामान्य हो जाता है कि हम उसे अपना, प्रत्येक

साहित्यकार का या साहित्य का मान सकते हैं। इसी से वह दुर्वह कभी नहीं होता। जिस बड़प्पन में हमारा भी कुछ भाग है वह हममें छोटेपन की अनुभूति नहीं उत्पन्न करता और परिणामतः उससे हमारा कभी विरोध नहीं होता।

निराला जी की दृष्टि में सन्देह का वह पैनापन नहीं जो दूसरे मनुष्य के व्यक्त परिचय का अविश्वास कर उसके मर्म को बेधना चाहता है। उनका दृष्टिपात उनके सहज विश्वास की वर्णमाला है। वे व्यक्ति के उसी परिचय को सत्य मानकर चलते हैं जिसे वह देना चाहता है और अन्त में उस स्थिति तक पहुँच जाते हैं जहाँ वह सत्य के अतिरिक्त कुछ और नहीं देना चाहता।

जो कलाकार हृदय के गूढ़तम भावों के विश्लेषण में समर्थ है उसमें ऐसी सरलता लौकिक दृष्टि से चाहे विस्मय की वस्तु हो, पर कला-सृष्टि के लिए यह स्वाभाविक साधन है।

सत्य का मार्ग सरल है। तर्क और सन्देह की चक्करदार राह से उस तक पहुँचा नहीं जा सकता। इसी से जीवन के सत्य-द्रष्टाओं को हम बालकों जैसा सरल विश्वासी पाते हैं। निराला जी भी इसी परिवार के सदस्य हैं।

किसी अन्याय के प्रतिकार के लिए उनका हाथ लेखनी से पहले उठ सकता है अथवा लेखनी हाथ से अधिक कठोर प्रहार कर सकती है, पर उनकी आँखों की स्वच्छता किसी मलिन द्वेष में तरंगायित नहीं होती।

ओठों की खिंची हुई-सी रेखाओं में निश्चय की छाप है, पर उनमें क्रूरता की भंगिमा या घृणा की सिकुड़न नहीं मिल सकती।

क्रूरता और कायरता में वैसा ही सम्बन्ध है जैसा वृक्ष की जड़ों में अव्यक्त रस और उसके फल के व्यक्त स्वाद में। निराला किसी से भयभीत नहीं, अतः किसी के प्रति क्रूर होना उनके लिए सम्भव नहीं। उनके तीखे व्यंग्य की विद्युत-रेखा के पीछे सद्भाव के जल से भरा बादल रहता है।

घृणा का भाव मनुष्य की असमर्थता का प्रमाण है। जिसे तोड़कर हम इच्छानुसार गढ़ सकते हैं, उसके प्रति घृणा का अवकाश ही नहीं रहता, पर जिससे अपनी रक्षा के लिए हम सतर्क हैं, उसी की स्थिति हमारी घृणा का केन्द्र बन जाती है। जो मदिरा के पात्र को तोड़कर फेंक सकता है, उसे मदिरा से घृणा की आवश्यकता ही क्या है! पर जो उसे सामने रखने के लिए भी विवश है, और अपने मन में उससे बचने की शक्ति भी संचित करना चाहता है वह उसके दोषों की एक-एक ईंट जोड़कर उस पर घृणा का काला रंग फेर कर एक दीवार खड़ी कर लेता है जिसकी ओट में स्वयं बच

सके। हमारे नरक की कल्पना के मूल में भी यही अपने बचाव का विवश प्रयत्न है जहाँ संरक्षित दोष नहीं, वहाँ सुरक्षित घृणा भी सम्भव नहीं।

विकास-पथ की बाधाओं का ज्ञान ही महान् विद्रोहियों को कर्म की प्रेरणा देता है। क्रोध को संचित कर द्वेष को स्थायी बनाकर घृणा में बदलने के लिए लम्बे क्रय तक वे ठहर नहीं सकते। और ठहरें भी तो घृणा की निष्क्रियता उन्हें निष्क्रिय बनाकर पथ-भ्रष्ट कर देगी।

निराला जी विचार से क्रान्तदर्शी और आचरण से क्रान्तिकारी हैं। वे उस झंझा के समान हैं जो हल्की वस्तुओं के साथ भारी वस्तुओं को भी उड़ा ले जाती है। उस मन्द समीर जैसे नहीं जो सुगन्ध न मिले तो दुर्गन्ध का भार ही ढोता फिरता है। जिसे वे उपयोगी नहीं मानते उसके प्रति उनका किंचित् मात्र भी मोह नहीं, चाहे तोड़ने योग्य वस्तुओं के साथ रक्षा के योग्य वस्तुएँ भी नष्ट हो जावें।

उनका मार्ग चाहे ऐसे भग्नावशेषों से भर गया हो जिनके पुनर्निर्माण में समय लगेगा, पर ऐसी अडिग शिलाएँ नहीं हैं, जिनकों देख-देखकर उन्हें निष्फल क्रोध में दाँत पीसना पड़े या निराश पराजय में आह भरना पड़े।

मनुष्य की संचय-वृत्ति ऐसी ही है कि वह अपनी उपयोगहीन वस्तुओं को भी संगृहीत रखना चाहता है। इसी स्वभाव के कारण बहुत-सी रूढ़ियाँ भी उसके जीवन के अभाव को भर देती हैं।

विद्रोह स्वभावगत होने के कारण निराला जी के लिए ऐसी रूढ़ियों पर प्रहार करना जितना प्रयासहीन होता है, उतना ही कौतुक का कारण।

दूसरों की बद्धमूल धारणाओं पर आघात कर उनकी खिजलाहट पर वे ऐसे ही प्रसन्न होते हैं जैसे होली के दिन कोई नटखट लड़का, जिसने किसी की तीन पैर की कुर्सी के साथ किसी की सर्वांगपूर्ण चारपाई, किसी की टूटी तिपाई के साथ किसी की नई चौकी होलिका में स्वाहा कर डाली हो।

उनका विरोध द्वेषमूलक नहीं, पर चोट कठिन होती है। इसके अतिरिक्त उनके संकल्प और कार्य के बीच में ऐसी प्रत्यक्ष कड़ियाँ नहीं रहतीं, जो संकल्प के औचित्य और कर्म के सौन्दर्य की व्याख्या कर सकें। उन्हें समझने के लिए जिस मात्रा में बौद्धिकता चाहिए उसी मात्रा में हृदय की संवेदनशीलता अपेक्षित रहती है। ऐसा सन्तुलन सुलभ न होने के कारण उन्हें पूर्णता में समझने वाले विरले मिलते हैं। ऐसे दो व्यक्ति सब जगह मिल सकते हैं जिनमें एक उनकी नम्र उदारता की प्रशंसा करते नहीं थकता और दूसरा उनके उद्धत व्यवहार की निन्दा करते नहीं हारता। जो अपनी

चोट के पार नहीं देख पाते वे उनके निकट पहुँच ही नहीं सकते, अतः उनके विद्रोह की असफलता प्रमाणित करने के लिए उनके चरित्र की उजली रेखाओं पर काली तूली फेरकर प्रतिशोध लेते रहते हैं। निराला जी के सम्बन्ध में फैली हुई भ्रान्त किम्वदन्तियाँ इसी निम्नवृत्ति से सम्बन्ध रखती हैं।

मनुष्य जाति की नासमझी का इतिहास क्रूर और लम्बा है। प्रायः सभी युगों में मनुष्य ने अपने में श्रेष्ठतम, पर समझ में न आने वाले व्यक्ति को छाँटकर, कभी उसे विष देकर, कभी सूली पर चढ़ाकर और कभी गोली का लक्ष्य बनाकर अपनी बर्बर-मूर्खता के इतिहास में नये पृष्ठ जोड़े हैं।

प्रकृति और चेतना न जाने कितने निष्फल प्रयोगों के उपरान्त ऐसे मनुष्य का सृजन कर पाती है, जो स्रष्टाओं से श्रेष्ठ हो। पर उसके सजातीय, ऐसे अद्भुत सृजन को नष्ट करने के लिए इससे बड़ा कारण खोजने की भी आवश्यकता नहीं समझते कि वह उनकी समझ के परे है अथवा उसका सत्य इनकी भ्रान्तियों से मेल नहीं खाता।

निराला जी अपने युग की विशिष्ट प्रतिभा हैं, अतः उन्हें अपने युग का अभिशाप झेलना पड़े तो आश्चर्य नहीं।

उनके जीवन के चारों ओर परिवार का वह लौहसार घेरा नहीं है जो व्यक्तिगत विशेषताओं पर चोट भी करता है और बाहर की चोटों के लिए ढाल भी बन जाता है। उनके निकट माता, बहन, भाई आदि के कोमल साहचर्य के अभाव का नाम भी शैशव रहा है। जीवन का वसन्त भी उनके लिए पत्नी-वियोग का पतझड़ बन गया है। आर्थिक कारणों ने उन्हें अपनी मातृहीन सन्तान के प्रति कर्त्तव्य-निर्वाह की सुविधा भी नहीं दी। पुत्री के अन्तिम क्षणों में वे निरुपाय दर्शक रहे और पुत्र को उचित शिक्षा से वंचित रखने के कारण उसकी उपेक्षा के पात्र बने।

अपनी प्रतिकूल परिस्थितियों से उन्होंने कभी ऐसी हार नहीं मानी जिसे, सह्य बनाने के लिए हम समझौता कहते हैं। स्वभाव से उन्हें वह निश्छल वीरता मिली है, जो अपने बचाव के प्रयत्न को भी कायरता की संज्ञा देती है। उनकी वीरता राजनीतिक कुशलता नहीं, वह तो साहित्य की एकनिष्ठता का पर्याय है। छल के व्यूह में छिपकर लक्ष्य तक पहुँचने को साहित्य लक्ष्य-प्राप्ति नहीं मानता। जो अपने पथ की सभी प्रत्यक्ष-अप्रत्यक्ष बाधाओं को चुनौती देता हुआ, सभी आघातों को हृदय पर झेलता हुआ लक्ष्य तक पहुँचता है उसी को युग-स्रष्टा साहित्यकार कह सकते हैं। निराला जी ऐसे ही विद्रोही साहित्यकार हैं। जिन अनुभवों के दर्शन का विष साधारण मनुष्य की आत्मा को मूर्च्छित करके उसके सारे जीवन को विषाक्त बना देता है, उसी से उन्होंने

सतत जागरूकता और मानवता का अमृत प्राप्त किया है।

किसी की व्यथा इतनी हल्की नहीं जो उनके हृदय में गम्भीर प्रतिध्वनि जगाती, किसी की आवश्यकता इतनी छोटी नहीं जो उन्हें सर्वस्व दान की प्रेरणा नहीं देती।

अर्थ की जिस शिला पर हमारे युग के न जाने कितने साधकों की साधना-तरियाँ चूर-चूर हो चुकी हैं, उसी को वे अपने अदम्य वेग में पार कर आए हैं। उनके जीवन पर उस संघर्ष के जो आघात हैं वे उनकी हार के नहीं, शक्ति के प्रमाण-पत्र हैं। उनकी, कठोर श्रम, गम्भीर दर्शन और सजग कला की त्रिवेणी न अछोर मरु में सूखती है न अकूल समुद्र में अस्तित्व खोती है।

जीवन की दृष्टि से निराला जी किसी दुर्लभ सीप में ढले सुडौल मोती नहीं हैं, जिसे अपनी महार्घता का साथ देने के लिए स्वर्ण और सौन्दर्य-प्रतिष्ठा के लिए अलंकार रूप चाहिए। वे तो अनगढ़ पारस के भारी शिलाखंड हैं। न मुकुट में जड़ कर कोई उसकी गुरुता सँभाल सकता है न पदत्राण बनाकर कोई उसका भार उठा सकता है। वह जहाँ है, वहीं उसका स्पर्श सुलभ है। यदि स्पर्श करने वाले में मानवता के लौह परमाणु हैं तो किसी ओर से भी स्पर्श करने पर वह स्वर्ण बन जाएगा। पारस की अमूल्यता दूसरों का मूल्य बढ़ाने में है। उसके मूल्य में न कोई कुछ जोड़ सकता है न घटा सकता है।

आज हम दम्भ और स्पर्धा, अज्ञान और भ्रान्ति की ऐसी कुहेलिका में चल रहे हैं जिसमें स्वयं को पहचानना तक कठिन है, सहयात्रियों को यथार्थता में जानने का प्रश्न ही नहीं उठता। पर आने वाले युग इस कलाकार की एकाकी यात्रा का मूल्य आँक सकेंगे, जिसमें अपने पैरों की चाप तक आँधी में खो जाती है।

निराला जी के साहित्य की शास्त्रीय विवेचना तो आगामी युगों के लिए भी सुकर रहेगी, पर उस विवेचना के लिए जीवन की जिस पृष्ठभूमि की आवश्यकता होती है, उसे तो उनके समकालीन ही दे सकते हैं।

साहित्यकार के जीवन का विश्लेषण उसके साहित्य के मूल्यांकन से कठिन है। साहित्य की कसौटी सर्वमान्य होती है, पर उसकी उर्वर भूमि आलोचक के विशेष दृष्टि-बिन्दु के फूलने-फलने का अवकाश दे सकती है। एक कविता का विशेष भाव, एक चित्र का विशेष रंग और एक गीत की विशेष लय, किसी के लिए रहस्य के द्वार खोल सकती है और किसी से टकरा कर व्यर्थ हो जाती है। पर जीवन का इतिवृत्त इतनी विविधता नहीं सँभाल सकता। एक व्यक्ति का कर्म समाज को हानि पहुँचा सकता है या लाभ, अतः व्यक्तित्वगत रुचि के कारण यदि कोई हानि पहुँचाने वाले को अच्छा

कहे या लाभ पहुँचाने वाले को बुरा तो समाज उसे अपराधी मानेगा। ऐसी स्थिति में कर्म के मूल्यांकन में विशेष सतर्क रहने की आवश्यकता पड़ती है।

असाधारण प्रतिभावान और अपने युग से आगे देखने वाले कलाकारों के इतिवृत्त के चित्रण में एक और भी बाधा है। जब उनके समानधर्मी उनके जीवन का मूल्यांकन करते हैं तब कभी तो स्पर्धा उनकी तुला को ऊँचा-नीचा करती रहती है और कभी अपनी विशेषताओं का मोह उन्हें सहयोगियों में अपनी प्रतिकृति देखने के लिए विवश कर देता है। जब छोटे व्यक्तित्व वाले किसी असाधारण व्यक्तित्व की व्याख्या करने चलते हैं तब कभी तो उनकी लघुता उसे घेर नहीं पाती और कभी उसके तीव्र आलोक में अपने अहं को उद्भासित कर लेने की दुर्बलता उन्हें घेर लेती है।

इस प्रकार महान् कलाकारों के यथार्थ चित्र बहुल हों तो विस्मय की बात नहीं।

साहित्य के नवीन युग पथ पर निराला जी की अंक-संसृति गहरी और स्पष्ट, उज्ज्वल और लक्ष्य-निष्ठ रहेगी। इस मार्ग के हर फूल पर उनके चरण का चिह्न और हर शूल पर उनके रक्त का रंग है।

□□

स्व० जयशंकर 'प्रसाद'

जन्म---सन् १८८९ ई०   निधन---सन् १९३७ ई०

जयशंकर प्रसाद जी की हस्तलिपि

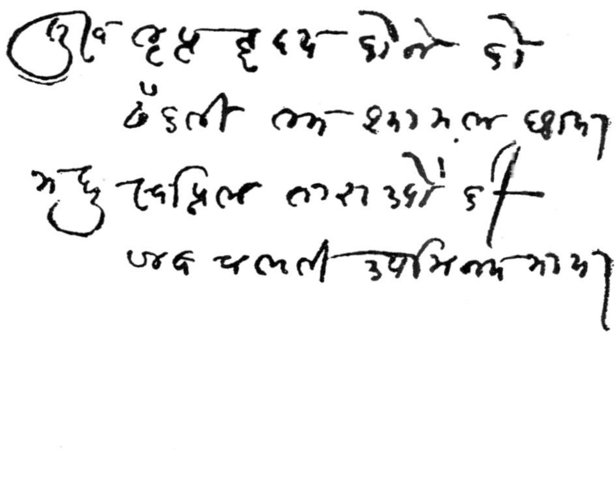

जयशंकर प्रसाद

महाकवि प्रसाद जी का जब-जब स्मरण आता है, तब-तब मेरे सामने एक चित्र अंकित हो जाता है।

हिमालय के ढाल पर उसकी गर्वीली चोटियों से समता करता हुआ एक सीधा ऊँचा देवदारु का वृक्ष था। उसका उन्नत मस्तक हिम-आतप-वर्षा के प्रहार झेलता था। उसकी विस्तृत शाखाओं को आँधी-तूफान झकझोरते थे और उसकी जड़ों से एक छोटी, पतली जलधारा आँख-मिचौनी खेलती थी। ठिठुराने वाले हिमपात, प्रखर धूप और मूसलाधार वर्षा के बीच में भी उसका मस्तक उन्नत रहा और आँधी और बर्फीले बवंडर के झकोरे सहकर भी वह निष्कम्प निश्चल खड़ा रहा; पर जब एक दिन संघर्षों में विजयी के समान आकाश में मस्तक उठाये, आलोक-स्नात वह उन्नत और हिमकिरीटिनी चोटियों से अपनी ऊँचाई नाप रहा था, तब एक विचित्र घटना घटी। जिस उपेक्षणीय जलधारा का प्रहार हल्की गुदगुदी के समान जान पड़ता था, उसी ने तिल-तिल करके उसकी जड़ों के नीचे खोखला कर डाला और परिणामतः चरम-विजय के क्षण में वह देवदारु अपने चारों ओर के वातावरण को सौ-सौ ज्योतिश्चक्रों में मथता हुआ धरती पर आ रहा।

सभी महान् प्रतिभाशाली साहित्यकारों के जीवन में संघर्ष रहना अनिवार्य है; पर बड़े-बड़े संघर्ष उनकी जीवन-शक्ति को क्षीणतम कर पाते हैं। यह कार्य तो ऐसी छोटी बाधाओं का सम्मिलित परिणाम होता है, जिनकी ओर वे सर्वथा उपेक्षा का भाव रखते हैं। प्रसाद जी इसके अपवाद नहीं थे।

मेरे चित्र की पृष्ठभूमि में उनका साहित्य, मेरा कुछ घंटों का परिचय और कुछ प्रचलित स्तुतिनिन्दापरक कथाएँ ही हैं। छायावाद-युग की दृष्टि से उनके साहित्य से मेरा अपरिचय सम्भव नहीं था और स्थान की दृष्टि से प्रयाग से काशी से दूर नहीं था; परन्तु कुछ अज्ञात कारणों से मैंने उन्हें प्रथम और अन्तिम बार तब देखा, जब वे कामायनी का दूसरा सर्ग लिख रहे थे और मैं सान्ध्यगीत लिख चुकी थी। पर, उनका यह दर्शन भी न किसी अखिल भारतीय साहित्य-सम्मेलन के विवादी मेघ-गर्जन में हुआ और न किसी अखिल भारतीय कवि-सम्मेलन में सातों स्वर-समुद्रों के मंथन के बीच, न भाषण के अजस्र प्रवाह में, न फूल मालाओं के घटाघोप में। काशी

में उनका दर्शन अपनी कवित्वहीनता में विचित्र है।

भागलपुर से प्रयाग आते-जाते मार्ग में जब-तब काशी पड़ जाती थी। एक बार प्रसाद के दर्शनार्थ ही मैंने कुछ घंटों के लिए यात्रा भंग की; पर मैं और मेरे साथ आने वाला नौकर दोनों ही काशी की सड़कों और गलियों से सर्वथा अपरिचित थे। कवि प्रसाद को सब जानते होंगे, इसी विश्वास से कई ताँगे वालों से पूछ-ताछ की; पर परिणाम कुछ न निकला। निराश होकर जब स्टेशन के वेटिंग रूप में लौटने वाली थी, तब एक ने प्रश्न किया—'क्या सुँघनी साहु के घर जाना है?'

सुँघनी साहु का रूढ़ अर्थ ग्रहण करने में मैं असमर्थ रही। समझा तम्बाकू के चूर्ण का बास लेने वाले कोई साहूकार होंगे। फिर अर्थ को और स्पष्ट करने के लिए पूछा—'सुँघनी साहु क्या काम करते हैं?' तम्बाकू की दुकान करते हैं, सुनकर ताँगे वाले पर अकारण ही क्रोध आने लगा। प्रसाद जैसा महान् कवि तम्बाकू की दूकानदारी जैसा गद्यात्मक कार्य कैसे कर सकता है। कुछ स्वगत और कुछ ताँगे वाले के अज्ञान कानों के लिए कहा, मुझे किसी तम्बाकू की दूकान वाले सेठ जी के यहाँ नहीं जाना है। जिनके यहाँ जाना है वे कविता लिखते हैं। ताँगे वाला भी साधारण नहीं था, इसी से उसने परास्त न होने की मुद्रा में उत्तर दिया—'हमारे सुँघनी साहु भी बड़े-बड़े कवित्त लिखते हैं।' तब मैंने सोचा—सम्भव है ऐसे कवित्त लिखने में ख्यात सुँघनी साहु, प्रसाद जैसे कवि से अपरिचित न हों। स्टेशन पर कई घंटे बिताने से अच्छा है कि सुँघनी साहु से पता पूछ देखूँ।

आकाश को नीले कपड़े की चीरों में विभाजित कर देने वाली काशी की गलियों में प्रवेश कर मुझे सदा ऐसा लगता है मानो मैं किसी विशालकाय अजगर के उदर में घूम रही हूँ, जिसने अपनी साँसों से मुझे ही नहीं, कुछ दूकानों को भी अपने भीतर खींच लिया है और अब बाहर आने का एकमात्र द्वार उसका मुख बन्द हो गया है।

अन्त में जहाँ तक ताँगा जा सका वहाँ तक ताँगे में, उसके उपरान्त कुछ दूर पैदल चलकर हम एक सफेद पुते हुए मकान के सामने पहुँचे जो अतिसाधारण और असाधारण के बीच की मध्यम स्थिति रखता था। कहलाया, प्रयाग से महादेवी आई हैं। सोचा यदि गृहस्वामी प्रसाद जी ही होंगे तो मेरा नाम उनके लिए सर्वथा अपरिचित न होगा और यदि कोई सुँघनी साहु ही हैं तो शिष्टाचार के नाते ही बाहर आ जायँगे।

प्रसाद जी स्वयं ही बाहर आये। उनका चित्र उन्हें अच्छा हृष्ट-पुष्ट स्थविर बना देता है, पर स्वयं न वे उतने हृष्ट जान पड़े और न उतने पुष्ट ही। न अधिक ऊँचा न नाटा-मझोला कद, न दुर्बल न स्थूल, छरहरा शरीर, गौर वर्ण, माथा ऊँचा और प्रशस्त, बाल न बहुत घने न विरल, कुछ भूरापन लिये काले; चौड़ाई लिये मुख,

मुख की तुलना में कुछ हल्की सुडौल नासिका, आँखों में उज्ज्वल दीप्ति ओठों पर अनायास आने वाली बहुत स्वच्छ हँसी, सफेद खादी का धोती-कुरता। उनकी उपस्थिति में मुझे एक उज्ज्वल स्वच्छता की वैसी अनुभूति हुई जैसी उस कमरे में सम्भव है, जो सफेद रंग से पुता और सफेद फूलों में सजा हो।

उनकी स्थविर जैसी मूर्ति की कल्पना खंडित हो जाने पर मुझे हँसी आना ही स्वाभाविक था। उस पर जब मैंने अनुभव किया कि प्रसाद जी ही सुँघनी साहु हैं तब हँसी ही रोकना असम्भव हो गया। उन दिनों मैं बहुत अधिक हँसती थी और मेरे सम्बन्ध में सबकी धारणा थी कि मैं विषाद की मुद्रा और डबडबाई आँखों के साथ आकाश की ओर दृष्टि किये होले-हौले चलती और बोलती हूँ।

मेरी हँसी देखकर या मुझे मेरे भारी-भरकम नाम के विपरीत देख प्रसाद जी ने निश्चल हँसी के साथ कहा—'आप तो महादेवी जी नहीं जान पड़तीं।' मैंने भी वैसे ही प्रश्न में उत्तर दिया—'आप ही कहाँ कवि प्रसाद लगते हैं जो चित्र में बौद्ध भिक्षु जैसे हैं।'

उनकी बैठक में ऐसा कुछ नहीं दिखाई दिया जिसे सजावट के अन्तर्गत रखा जा सके। कमरे में एक साधारण तख्त और दो-तीन सादी कुर्सियाँ, दीवाल पर दो-तीन चित्र, अलमारी में कुछ पुस्तकें। यदि इतने महान् कवि के रहने के स्थान में मैंने कुछ असाधारणता पाने की कल्पना की होगी तो मेरे हाथ निराशा ही आई।

उन दिनों वे कामायनी का दूसरा सर्ग लिख रहे थे। क्या लिख रहे हैं, पूछने पर उन्होंने प्रथम सर्ग का कुछ अंश पढ़कर सुनाया। वेदों में अनेक कथानक बहुत नाटकीय हैं और उनमें से किसी पर भी एक अच्छा महाकाव्य लिखा जा सकता था। उन्होंने ऐसा कथानक क्यों चुना है, जिसमें कथासूत्र बहुत सूक्ष्म है। ऐसी जिज्ञासाओं के उत्तर में उन्होंने कामायनी सम्बन्धी अपनी कल्पना की कुछ विस्तार से व्याख्या की।

उनकी धारणा थी कि अधिक नाटकीय कथाओं की रेखाएँ इतनी कठिन हो गई हैं कि उन्हें अपने दार्शनिक निष्कर्ष की ओर मोड़ना कठिन होगा। युग की किसी समस्या को प्राचीन कलेवर में उतारना तभी सम्भव हो सकता है जब प्राचीन मिट्टी लोचदार हो। जो प्राचीन तथा कठिन होकर एक रूपरेखा पा लेती है, उसमें वह लचीलापन नहीं रहता जो नई मूर्तिमत्ता के लिए आवश्यक है। इन्द्र का व्यक्तित्व उनकी दृष्टि में बहुत आकर्षक और रहस्यमय था, परन्तु उसकी नाटकीय और बहुत कुछ रूढ़-कथावस्तु, कामायनी के सन्देश को वहन करने में असमर्थ थी।

ऋग्वेदकालीन वरुण के व्यक्तित्व और विकास के सम्बन्ध में भी उन्होंने अपना

विश्लेषण दिया। वैदिक साहित्य और भारतीय दर्शन मेरा प्रिय विषय रहा है, अतः तत्सम्बन्धी बहुत-सी जिज्ञासाएँ मेरे लिए स्वाभाविक थीं। परन्तु सभी चर्चाओं में मैंने अनुभव किया कि प्रसाद जी दोनों के सम्बन्ध में आधुनिकतम ज्ञान ही नहीं अपनी विशेष व्याख्या भी रखते हैं। वे कम शब्दों में अधिक कह सकने की जैसी क्षमता रखते थे वैसी कम साहित्यकारों में मिलेगी।

उनके बहुश्रुत होने का प्रमाण तो स्वयं उनका साहित्य है, परन्तु दर्शन, इतिहास, साहित्य आदि के सम्बन्ध में, इतने कम शब्दों में इतने सहज-भाव से वे अपने निष्कर्ष उपस्थित कर सकते थे कि श्रोता का विस्मित हो जाना ही स्वाभाविक था।

लौटने का समय देख जब मैंने विदा ली तो ऐसा नहीं जान पड़ा कि मैं कुछ घंटों से परिचित हूँ। प्रसाद जी ताँगे तक पहुँचाने आये और हमारे दृष्टि के ओझल होने तक खड़े रहे। अपने साहित्यिक अग्रज को फिर देखने का मुझे सुयोग नहीं प्राप्त हो सका। वे कहीं आते-जाते नहीं थे और मैंने एक प्रकार से क्षेत्र-संन्यास ले लिया था।

और उसी बीच प्रसाद के अस्वस्थ होने का समाचार मिला, पर बहुत दिनों तक किसी को यह भी ज्ञात नहीं हो सका कि रोग क्या है? अन्त में क्षय की सूचना भी हिन्दी-जगत के लिए चिन्ता का कारण नहीं बन सकी। हमारे वैज्ञानिक-युग में नितान्त साधनहीन के लिए ही यह रोग मारक सिद्ध होता है। प्रसाद जी के साथ साधन-हीनता का कोई सम्बन्ध किसी को ज्ञात नहीं था, इसी से अन्त तक सबको उनके स्वस्थ होने का विश्वास बना रहा।

जब कामायनी का प्रकाशन हो चुका था और हिन्दी-जगत एक प्रकार से पर्वोत्सव मना रहा था तब उनके महाप्रयाण की बेला आ पहुँची।

मैं स्वयं कई दिन से ज्वरग्रस्त थी। एक बन्धु ने भीतर सन्देश भेजा कि वे अत्यन्त आवश्यक सूचना लाये हैं। किसी प्रकार उठकर मैं बाहर के दरवाजे तक पहुँची ही थी कि सुना प्रसाद जी नहीं रहे। कुछ क्षण उनके कथन का अर्थ समझने में लग गये और कुछ क्षण द्वार का सहारा लेकर अपने-आपको सँभालने में।

बार-बार उनका अन्तिम दर्शन स्मरण आने लगा और साथ-ही-साथ उस देवदारु का, जिसे जल की क्षुद्र धारा ने तिल-तिल काट कर गिरा दिया था।

प्रसाद का व्यक्तिगत जीवन अकेलेपन की जैसी अनुभूति देता है। वैसी हमें किसी अन्य समसामयिक साहित्यकार के जीवन के अध्ययन से नहीं प्राप्त होती।

उन्हें एक सम्पन्न पर ऋणग्रस्त प्रतिष्ठित परिवार में जन्म मिला और भाई-बहिनों में कनिष्ठ होने के कारण कुछ अधिक मात्रा में स्नेह-दुलार प्राप्त हो सका। किशोर अवस्था में वे एक ओर शारीरिक स्वास्थ्य के लिए बादाम खाते और कुश्ती लड़ते रहे और दूसरी ओर मानसिक विकास के लिए कई शिक्षकों से संस्कृत, फारसी, अंग्रेजी आदि का ज्ञान प्राप्त करते रहे। पर इसी किशोरावस्था में उन्हें पारिवारिक कलह की कटुता का अनुभव हुआ। इतना ही नहीं, उनके किशोर कंधों पर ही पारिवारिक उत्तरदायित्व, अर्थव्यवस्था और ऋण का भार आ पड़ा। ऐसा लगता है कि यही दुर्वह भार, सारे दुलार, स्वास्थ्य और विद्या का स्वाभाविक प्राप्य था।

तरुणाई में ही वे माता-पिता, बड़े-भाई, दो पत्नियों और एकलौते पुत्र की वियोग-व्यथा झेल चुके। यह बचपन में तारुण्य के अन्त तक फैली हुई विछोह की परम्परा उनके भावुक मन पर कोई दुखने वाली चोट नहीं छोड़ गई थी, ऐसा कथन मनुष्य के स्वभाव के प्रति अन्याय होगा और यदि वह मनुष्य एक महान साहित्यकार हो तो इस अन्याय की मात्रा और अधिक हो जाती है।

बहुत सम्भव है कि सब प्रकार के अन्तरंग-बहिरंग संघर्षों में मानसिक सन्तुलन बनाये रखने के प्रयास में ही उन्हें उस आनन्दवादी दर्शन को उपलब्धि हो गई हो जिसके भीतर करुणा की अन्तःसलिला प्रवाहित है।

चाँदनी से धुले ज्वालामुखी के समान ही उनके भीतर की चिन्ता उनके अस्तित्व को क्षार करती रही हो तो आश्चर्य नहीं। उनकी अन्तर्मुखी वृत्तियाँ या रिजर्व भी इसी ओर संकेत करता है। पारिवारिक विरोध और प्रतिष्ठा की भावना के वातावरण में पलने वाले प्रायः गोपनशील हो ही जाते हैं। उसके साथ यदि कोई गम्भीर उत्तरदायित्व हो तो यह संकोच उनके मनोभावों और बाह्य वातावरण के बीच में एक आग्नेय रेखा खींच देता है। कण-कण कटती हुई शिला के समान उनकी जीवनी-शक्ति रिसती गई और जब उन्होंने जीवन के सब संघर्षों पर विजय प्राप्त कर ली तब वे जीवन की बाजी हार गए, जिसमें हार जाने की सम्भावना भी उनके मन में नहीं उठी थी।

क्षय कोई आकस्मिक रोग नहीं है, वह तो दीर्घ स्वास्थ्य-हीनता की चरम परिणति ही कहा जा सकता है। अस्वस्थ रहते हुए भी वे एक ओर अपनी लौकिक स्थिति ठीक करने में संलग्न थे और दूसरी ओर कामायनी में अपने सम्पूर्ण जीवन-दर्शन को भावात्मक अवतार दे रहे थे।

सम्भवतः रोग के निदान ने उनके सामने दो विकल्प उपस्थित किये। ऐसी

चिकित्सा प्रचुर व्यय-साध्य होती है। और कभी-कभी रोग का अन्त रोगी के साथ होने पर परिवार को आत्मीय-जन की वियोग-व्यथा के साथ विपन्नता का भार भी वहन करना पड़ता है।

उनके सामने अकेला किशोर पुत्र था और अपने किशोर जीवन के संघर्षों की स्मृति थी। यह निष्कर्ष स्वाभाविक है कि वे अपने किशोर पुत्र के भविष्य पर किसी दुर्वह भार की काली छाया डालकर अपने इतिहास की पुनरावृत्ति नहीं करना चाहते थे। तब दूसरा विकल्प यही हो सकता था कि वे पतवार फेंक कर तरी समुद्र में इस प्रकार छोड़ दें कि वह दिशाहीन बहती हुई जीवन-मरण के किसी भी तट पर लग सके। उन्होंने इसी को स्वीकार किया और अपने अदम्य साहस और आस्था से मृत्यु की उत्तरोत्तर निकट आने वाली पगचाप सुनकर भी विचलित नहीं हुए।

पर जीवन और मृत्यु के संघर्ष का यह रोमांचक पृष्ठ हमारे मन में एक जिज्ञासा की पुनरावृत्ति करता रहता है। क्या इतने बड़े कलाकार का कोई ऐसा अन्तरंग मित्र नहीं था जो इस असम द्वन्द्व के बीच में खड़ा हो सकता।

सम्भवतः घर में ऐसा कोई बड़ा व्यक्ति नहीं था जिसका निर्णय निर्विवाद मान्य होता, सम्भवतः किशोर पुत्र के लिए पिता के हठ पर विजय पाना कठिन था। पर क्या ऐसे आत्मीय बन्धु का भी उन्हें अभाव था जो उनके दुराग्रह को अपने सत्याग्रही-विरोध से परास्त कर क्षय के चिकित्सा-केन्द्रों तथा विशेषज्ञों का सहयोग सुलभ कर देता।

कार्य के कारण की ओर चलें तो विश्वास करना होगा कि नहीं था। सम्पन्न, मधुर भाषी और हँसमुख व्यक्ति के साथ आनन्द-गोष्ठी में बैठकर हँस लेना सबके लिए सहज हो सकता है, परन्तु किसी संक्रामक रोग से ग्रस्त मित्र की निष्प्रभ आँखों में मृत्यु के सन्देश के अक्षर पढ़कर उसे बचाने के लिए कोई बाजी लगाना कठिन हो जाता है।

प्रसाद जैसे मनस्वी और संकोची व्यक्ति के लिए किसी से स्नेह और सहानुभूति की याचना भी सम्भव नहीं थी। चन्द्रगुप्त में सिंहरण के निम्न शब्दों में बहुत कुछ प्रसाद के मन की बात भी हो तो आश्चर्य नहीं :

'अपने से बार-बार सहायता करने के लिए कहने में मानव-स्वभाव विद्रोह करने लगता है। यह सौहार्द और विश्वास का सुन्दर अभिमान है। उस समय मन चाहे अभिनय करता हो, संघर्ष से बचने का, किन्तु जीवन अपना संग्राम अंध होकर लड़ता है। कहता है—अपने को बचाऊँगा नहीं, जो मेरे मित्र हो आवें और अपना प्रमाण दें!'

सम्भव है कवि प्रसाद का जीवन भी अपना संग्राम अंध होकर लड़ा हो और उसने अपने-आपको बचाने का कोई प्रयत्न न किया हो। उन्हें किसी की प्रतीक्षा रही या नहीं इसे आज कौन बता सकता है! व्यावहारिक जीवन में एक का हित दूसरे के हित का विरोधी भी हो सकता है। ऐसे व्यक्तियों की प्रसाद सम्बन्धी स्मृति उनकी अपनी चोटों की स्मृति अधिक हो सकती है, प्रसाद की विशेषताओं की कम।

भारतेन्दु के उपरान्त प्रसाद की प्रतिभा ने साहित्य के अनेक क्षेत्रों को एक साथ स्पर्श किया है। करुण मधुर गीत, अतुकान्त रचनाएँ, मुक्त छन्द, खंड-काव्य, सभी उनके काव्य के बहुमुखी प्रसार के अन्तर्गत हैं। लघु कथा के वैचित्र्य से लम्बी कहानियों की विविधता तक उनका कथा-साहित्य फैला है। कंकाल उपन्यास के विषम नागरिक यथार्थ से तितली की भावात्मक ग्रामीणता तक उनकी औपन्यासिक प्रतिभा का विस्तार है।

एकांकी, प्रतीक रूपक, गीति-नाट्य ऐतिहासिक नाटक आदि में उन्होंने नाटकीय स्थितियों का संचयन किया है। उनका निबन्ध-साहित्य किसी भी गम्भीर दार्शनिक चिन्तन को गौरव देने में समर्थ है।

साहित्यिक प्रतिभा के साथ उनकी व्यवहार बुद्धि भी कुछ कम असाधारण नहीं है। धूमिल नये युग के काव्य और विचार को आलोक की पृष्ठभूमि देने के लिए ही उन्होंने इन्दु, जागरण जैसे पत्रों की कल्पना को मूर्त्तरूप दिया। भारती भंडार का जन्म भी उनकी उसी बुद्धि का परिणाम है, जिसने युग की प्रत्येक सम्भावना को परख कर उसका उचित दिशा में उपयोग किया। उनका जीवन उनके कार्य को देखते हुए घट में समुद्र का स्मरण दिलाता है।

बुद्धि के आधिक्य से पीड़ित हमारे युग को, प्रसाद का सबसे महत्त्वपूर्ण दान कामायनी है...... अपने काव्य-सौन्दर्य के कारण भी और अपने समन्वयात्मक जीवन-दर्शन के कारण भी।

भाव और उसकी स्वाभाविक गति से बनने वाले जीवन-दर्शन में सापेक्ष सम्बन्ध है। बहती हुई नदी का जल आदि से अन्त तक ऊपर से कहीं तरंगाकुल, कहीं प्रशान्त मन्थर, जल ही दिखाई देता है, परन्तु वह तरलता किसी शून्य पर प्रवाहित नहीं होती। वस्तुतः उसके अतल अछोर जल के नीचे भी भूमि की स्थिति अखंड रहती है। इसी से आकाश के शून्य से उतरने वाले मेघ-जल को हम बीच में तटों से नहीं बाँध पाते, पर नदी के तट उसकी गति का स्वाभाविक परिणाम हैं।

भाव के सम्बन्ध में भी यही सत्य है। जिसके तल में कोई संश्लिष्ट जीवन-

दर्शन नहीं है, उसे आकाश का जल ही कहा जा सकता है। जीवन को तट देने के लिए, उसके आदि की इकाई को अन्त की समष्टि में असीमता देने के लिए ऐसे दर्शन की आवश्यकता रहती है जिस पर श्रेय प्रेय में तरंगायित होकर सुन्दर बन सके। यदि कोई भाव-धारा ऐसी संश्लिष्ट दर्शन-भूमि नहीं पाती तो उसके स्थायित्व का प्रश्न संदिग्ध हो जाता है।

यह दर्शन, महाकाव्य की रेखाओं से जिस विस्तार तक घिर सकता है उस विस्तार तक गीत से नहीं। छायावाद-युग में भाव के जिस ज्वार ने जीवन को सब ओर से प्लावित कर दिया था उसके तट और गन्तव्य के सम्बन्ध में जिज्ञासा स्वाभाविक थी। और इस जिज्ञासा का उत्तर कामायनी ने दिया।

प्रसाद को आनन्दवादी कहने की भी एक परम्परा बनती जा रही है। पर कोई महान् कवि विशुद्ध आनन्दवादी दर्शन नहीं स्वीकार करता क्योंकि अधिक और अधिक सामञ्जस्य की पुकार ही उसके सृजन की प्रेरणा है और वह निरन्तर असंतोष का दूसरा नाम है।

'आनन्द अखंड घना था' (कामायनी) विश्व-जीवन का चरम-लक्ष्य हो सकता है, परन्तु उसे इस चरम सिद्ध तक पहुँचाने के लिए कवि को तो निरन्तर साधक ही बना रहना पड़ता है। सितार यदि समरसता पा ले तो फिर झंकार के जन्म का प्रश्न ही नहीं उठता, क्योंकि वह तो हर चोट के उत्तर में उठती है और सम-विषम स्वरों को एक विशेष क्रम में रखकर दूसरों के निकट संगीत बना देती है। यदि आघात या आघात का अभाव दोनों एक मौन या एक स्वर बन गए हैं, तब फिर संगीत का सृजन और लय सम्भव नहीं।

प्रसाद का जीवन, बौद्ध विचारधारा की ओर उनका झुकाव, चरम त्याग, बलिदान वाले करुण कोमल पात्रों की सृष्टि, उनके साहित्य में बार-बार अनुगुंजित करुणा का स्वर आदि प्रमाणित करेंगे कि उनके जीवन के तार इतने सधे और खिंचे हुए थे कि हल्की-सी कम्पन भी उनमें अपनी प्रतिध्वनि पा लेती थी।

हमारे युग की समष्टि के हृदय और बुद्धि में जो भाव और विचार नीरव उमड़-घुमड़ रहे थे, उन्हें कवि ने जागरण के स्वर देकर मुखरित किया।

●

पर जब 'हिमाद्रि तुंग शृंग से' माँ भारती ने इस स्वर-साधक को पुकारा तब वह अपनी वीणा रख कर मौन हो चुका था।

□□

सुमित्रानंदन पंत जी की हस्तलिपि

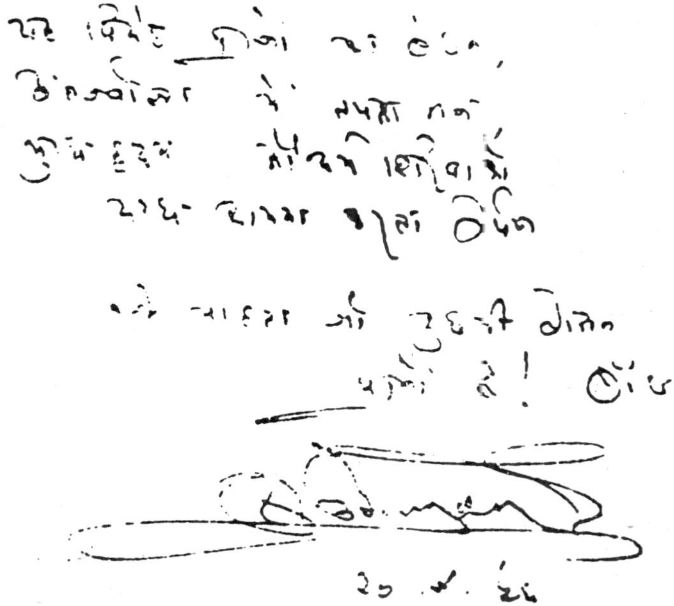

सुमित्रानंदन पंत

सुभद्रा जी के उपरान्त मेरे दूसरे परिचित कविबन्धु सुमित्रानन्दन जी ही हैं; परन्तु उनसे परिचय की कथा इतनी विचित्र है कि उसके स्मरण-मात्र से हँसी आती है।

छायावाद के प्रभात का जब प्रथम आलोक-प्रहर व्यतीत हो रहा था, तब तक मैं :

'पंकज के पोंछि नैन आयो सुखदैन जानि,
अंजन पराग को समीर सीत नाये देत।'

जैसी समस्यापूर्ति बड़ी तन्मयता से कर रही थी। मेरी स्थिति बहुत कुछ उस पक्षि-शावक के समान रही होगी, जिसे प्रत्येक क्षण बढ़ाने वाले अपने पंखों का स्वयं पता नहीं चलता। जब एक दिन अचानक नीड़ से झाँकते-झाँकते गिर कर वह धरती पर आने के स्थान में सर से उड़ता हुआ ऊँची डाल पर बैठ जाता है, तब उसे पहले-पहले उस परिवर्तन की अनुभूति होती है।

समस्यापूर्ति में तो मैं बचपन में ही ठोंक-पीटकर वैद्यराज बना दी गई थी। खड़ी बोली की तुकबन्दी मुझे वातावरण से अनायास प्राप्त हो गई; पर दोनों से भिन्न जो एक भाव-जगत् मेरे भीतर रेखा-रेखा करके बन रहा था, उसके प्रति तब तक न मेरी ज़िज्ञासा थी न बोध।

मैं लिखती हूँ, यह सम्भवतः कोई न जान पाता यदि सुभद्रा जी ने पता न लगा लिया होता और उनको पता चल जाने के उपरान्त किसी से भी छिपाना सम्भव नहीं था। उस समय प्रयाग में क्रॉस्थवेस्ट गर्ल्स कालेज का विशेष महत्त्व था। यदि किसी छात्रा को परीक्षा में उच्च स्थान मिलता, तो उसका क्रॉस्थवेस्ट की विद्यार्थिनी होना स्वाभाविक था।

यदि कोई वाद-विवाद की प्रतियोगिता में विशेष स्थान पाती, तो उसका क्रास्थवेस्ट में होना अनिवार्य था। यदि कोई कवि-सम्मेलन मे पुरस्कार प्राप्त करती, तो उसका भी क्रॉस्थवेस्ट से सम्बन्ध होना आवश्यक था।

संस्था के मंत्री स्व० श्री जसवन्तराय जी के निश्छल वात्सल्य से स्निग्ध और आचार्या कृष्णाबाई तुलास्कर के सात्विक पन से उज्ज्वल वातावरण ने हम सबको विशालतम परिवार का समभाव और लघुतम की देख-रेख एक साथ दे डाली थी। जिसमें जो गुण-अवगुण था, वह न उपेक्षित रह पाता था न अनदेखा। ऐसे वातावरण में जब सुभद्रा जी ने मेरी तुकबन्दी रचने की विशेषता की घोषणा कर दी, तब उनके जाने के उपरान्त कवि-सम्मेलनों में सम्मिलित होने का भार अयाचित मेरे सिर आ पड़ा। और सत्य तो यह है कि यह भार तब मुझे दुर्वह भी नहीं लगता था। मैं पढ़ने में अच्छी थी और मुझे परीक्षा में अच्छा स्थान और छात्रवृत्ति मिलती रही, पर पाठ्य-पुस्तकों के प्रति मेरा घोर विराग ही रहता था।

इण्टर तक पहुँच जाने पर भी परीक्षा के दिनों में मुझे पुस्तकों के साथ बाँध रखने के लिए आचार्या सुधालता को प्रलोभन देना पड़ता था कि तीन घंटे बैठकर पढ़ने के बाद आइसक्रीम मिलेगी। ग्रीष्म की उस दोपहर के सुनसान में मेरी दृष्टि पुस्तक के पृष्ठ और घड़ी की सुई के बीच में दौड़ लगाती रहती थी और चार के अंक पर सुई के पहुँचते ही वे मुझे पुस्तकों के बंडल के साथ अपने दरवाजे पर पातीं और तब आइसक्रीम पाने के उपरान्त मैं प्रायः उस बंडल को दूसरे दिन के लिए वहीं सुरक्षित रख आती थी।

कभी-कभी इतने प्रयत्न से पढ़ा हुआ भी व्यर्थ हो जाता था, क्योंकि जब प्रथम-प्रश्न पत्र की तैयारी करके जाती तब द्वितीय सामने आ जाता और जब द्वितीय के लिए प्रस्तुत होती तब पता चलता तृतीय आने वाला है।

ऐसी स्थिति में कवि-सम्मेलनों के प्रति मेरा विशेष अनुराग स्वाभाविक हो गया तो आश्चर्य नहीं। ऐसे कवि-सम्मेलन का प्रायः छात्रावासों या शिक्षा संस्थाओं के तत्वावधान में किसी वयोवृद्ध कवि की अध्यक्षता में आयोजित होते थे और उनमें पूर्व निश्चित समस्याओं की पूर्तियाँ और विषयों पर रचित कविताएँ सुनाई जाती थीं। उत्तम पूर्तियाँ और रचनाओं को पदक और पुस्तकों से पुरस्कृत किया जाता था।

हिन्दू बोर्डिंग हाउस में श्री हरिऔध जी की अध्यक्षता में आयोजित ऐसे ही एक कवि-सम्मेलन में हम लोग आहूत थे। मैंने निर्दिष्ट समस्याओं की पूर्ति भी की थी और निश्चित विषयों पर कविताएँ भी लिखी थीं।

उस समय तक मैं कई सम्मेलनों में उपस्थित होकर कई पदक प्राप्त कर चुकी थी, अतः बहुत गम्भीर मुद्रा बनाकर कुछ सहयोगिनी छात्राओं और अध्यापिकाओं के साथ मंच के एक ओर समासीन थी। अचानक दूसरी ओर बैठे हुए छात्रों और

अध्यापकों के परुषाकार समूह में कुल हलचल-सी उत्पन्न करती हुई एक कोमलकान्त कृशांगी मूर्ति आविर्भूत हुई। आकण्ठ अवगुण्ठित करती हुई हल्की पीताभ-सी चादर, कंधों पर लहराते हुए कुछ सुनहले-से केश, तीखे नक्श और गौर वर्ण के समीप पहुँचा हुआ गेहुँआ रंग, सरल दृष्टि की सीमा बनाने के लिए लिखी हुई-सी भवें, खिंचे हुए-से ओंठ, कोमल पतली उँगलियों वाले सुकुमार हाथ...... यह सब देखकर मुझे ही नहीं मेरी अन्य संगिनियों को भी भ्रम होना स्वाभाविक था। पर हम सब यह देख कर विस्मित हो गये कि वह मूर्ति हमारी ओर न आकर उन्हीं के बीच में प्रतिष्ठित हो गयी जो उससे आकार-प्राकार में उतने ही भिन्न जान पड़ते थे जितनी क्षीण तरल जल-रेखा से विशाल कठोर पाषाण-खंड।

आठ बजे हमें अपने छात्रावास लौट जाना था, अतः मैं अपनी कविता सुना भर सकी, सुमित्रानन्दन जी की कविता सुनने का सुयोग उस दिन मुझे मिलते-मिलते रह गया।

उन दिनों नवीन भाव को नवीन शब्दावली में बाँधने वाली कुछ रचनाएँ श्री नन्दिनी के नाम से प्रकाशित हुई थीं। उन रचनाओं के अनेक व्यक्तियों के मन में किसी विशेष प्रतिभा-सम्पन्न नवीन कवयित्री के आगमन का विश्वास उत्पन्न कर दिया था। सम्भवतः सुभद्राजी भी इस सम्बन्ध में अनजान थीं। अन्यथा मुझे इतने अधिक दिन भ्रम में न रहना पड़ता।

अन्त में कई वर्षों के बाद डॉ॰ धीरेन्द्र वर्मा ने अपने विवाह के अवसर पर मुझसे अपने कवि मित्र सुमित्रानन्दन जी का परिचय कराया तव मुझे अपने भ्रम पर इतनी हँसी आई कि मैं शिष्टाचार के प्रदर्शन के लिए भी वहाँ खड़ी न रह सकी।

सुमित्रानन्दन जी हिमालय के पुत्र हैं पर उन्हें देखकर न उन्नत हिम-शिखरों का स्मरण आता है और न ऊँचे चिर सजग प्रहरी जैसे देवदारु याद आते हैं। न सभीत करने वाले गहरे गर्त की ओर ध्यान जाता है और न उच्छृंखल गर्जन भरे निर्झर स्मृति में उदित होते हैं। वे उस प्रशान्त छोटी झील से समानता रखते है जो अपने चारों ओर खड़े शिखरों और देवदारुओं की गनन-चुम्बी ऊँचाई को अपने हृदय में प्रतिबिम्बित कर उसे धरती के बराबर कर देती है, गहरे गर्तों को अपने जल से सम कर देती है और उच्छृंखल निर्झर के पैरों के नीचे तरल आँचल बिछाकर उसे गिरने, चोट खाने से बचा लेती है।

उनका जन्मस्थान कौसानी मानो कूर्मांचल का सुन्दर हृदय है वहाँ हिम-श्रेणियाँ, रजत वर्णमाला में लिखे सौन्दर्य के उज्ज्वल पृष्ठ के समान खुली रहती हैं।

उस कत्यूर घाटी के बीच में खड़े होकर जब हम एक ओर हिमदुकूलनी चोटियों को और दूसरी ओर चीड़-देवदारुओं की हरीतिमा से अवगुण्ठित कौसानी को देखते हैं तब हमें ऐसा जान पड़ता है मानो हिम-शिखरों की उज्ज्वल रेखाओं ने कौसानी के सौन्दर्य की कथा लिखी है और कौसानी ने अपने मरकत अंचल में हिमानी का छन्द आँका है।

ऐसे ही प्रकृति के उज्ज्वल हरित अंचल में सुमित्रानन्दन जी ने जब आँखें खोलीं तब उनकी जन्मदात्री की पलकें चिर-निद्रा में मुँद चुकी थीं।

भाइयों में छोटे होने के कारण और जन्म के साथ मातृहीन हो जाने के कारण उन्हें सबसे प्यार-दुलार पाने का अधिकार मिल गया। पर पौधे के स्वस्थ विकास के लिए आवश्यक धरती के समान ही जीवन के स्वाभाविक विकास के लिए माता की स्थिति है। उसके अभाव में दूसरों से जो स्नेह प्राप्त होता है उसमें 'अरे बेचारा मातृहीन है' का भाव अनजाने ही घुल मिल जाता है। और यह दया-भाव दूध में काँजी के समान स्नेह का स्वाद ही दूसरा कर देता है, क्योंकि स्नेह सब कुछ सह सकता है, केवल दया का भार नहीं सह सकता। ऐसे स्नेह पर पलने वाले बालक बड़े होकर सबसे अधिक सहृदय हो सकते हैं, परन्तु सबसे अधिक अस्वाभाविकता भी उन्हीं के पल्ले पड़ती है।

सुमित्रानन्दन जी के मन का संकोच, उनकी अन्तर्मुखी वृत्तियाँ सब उनके असाधारण बालकपन की उपज हैं।

पर्वत के एकान्त की कल्पना सहज है, पर वह एकान्त कितना मुखर हो सकता है, इसका अनुमान बिना वहाँ रहे सम्भव नहीं है। उस पर यदि व्यक्ति के मन का तुमुल कोलाहल कुछ क्षणों के लिए शान्त हो सके तो यह मुखरता अपनी शब्द-रहित भाषा में ही जीवन के गम्भीरतम रहस्य समझा देती है। हिमालय की उपत्यकाओं में जहाँ-तहाँ घरौंदे जैसे घर बना कर बसा हुआ मानव, प्रकृति की विराटता के सामने छोटा लगने लगता है। फिर वहाँ नगर के समान एक स्थान पर जन-समुद्र भी नहीं मिल सकता और जो जन हैं वे अपनी व्यस्तता में ही खो जाते हैं। बाहर के आने वाले झोंके तक उन ऊँची-ऊँची प्राचीरों से टकराते-टकराते कभी किसी कोने तक पहुँच जाते हैं और कभी टूट कर कहीं बिखर जाते हैं।

आश्चर्य नहीं कि किशोर कवि प्रकृति के साथ ही दुकेला रहा। उसे झरनों-नदियों में लास दिखाई दिया, पक्षियों-भ्रमरों में संगीत सुनाई दिया। फलों-कलियों में हँसी की अनुभूति हुई, प्रभात का सोना मिला, रात में रजतराशि प्राप्त हुई, पर

कदाचित् हँसने-रोने वाला हृदय इस भूलभुलैया भरी चित्रशाला में खोया रहा। आँसू के खारे पानी में डुबाये बिना सौन्दर्य के चित्र-रंग पक्के नहीं हो सकते, पर प्रकृति के पास सौन्दर्य है, आँसू नहीं।

सुमित्रानन्दन जी को स्वभाव और शरीर में असाधारण कोमलता मिली है, परन्तु उसमें प्रकृति के क्षतिपूर्ति सम्बन्धी नियम का अभाव नहीं है।

स्वभाव को जीवन के अनेक चढ़ाव-उतारों और सम-विषम परिस्थितियों से संघर्ष करना पड़ा है और शरीर को न जाने कितने रोगों से जूझना पड़ा है। पर जिस नियम से आज के वैज्ञानिक ने मकड़ी के कोमल झीने तन्तु में न टूटने वाली दृढ़ता का पता लगा लिया है उसी नियम के अनुसार सुमित्रानन्दन जी के सुकुमार शरीर और कोमल प्रकृति ने सब अग्नि परीक्षाएँ पार कर ली हैं। पर यदि परीक्षा के अन्त में परीक्षित वस्तु कुछ और बन जावे तो फिर उसका मूल्यांकन भी बदल जाता है। सुवर्ण परीक्षित होकर अधिक दीप्तमय सुवर्ण ही रहे तभी उसकी परीक्षा उसे अधिक महार्घता दे सकती है। सुमित्रानन्दन जी का स्वभाव आज भी कोमल है और शरीर आज भी सुकुमार है। अनुभवों ने इस कोमलता और सुकुमारता पर एक आर्द्रता का पानी ही फेरा है।

जिस प्रकार आकाश की ऊँचाई से गिरने वाला जल किशलयों और फूलों पर स्वच्छता के अतिरिक्त और कोई चिह्न नहीं छोड़ता उसी प्रकार संघर्षों ने उनके जीवन पर अपनी रुक्षता और कठोरता का इतिहास नहीं लिखा है।

जब वे तीसरी कक्षा के बाल-विद्यार्थी थे, तभी उन्हें अपने गोसाईंदत्त नाम की कवित्वहीनता अखरने लगी। सुमित्रानन्दन जैसा श्रुति-मधुर नाम अपने लिए खोज लेने वाली उनकी असाधारण बुद्धि ने जीवन और साहित्य के अनेक क्षेत्रों में अपनी सृजनशीलता का परिचय दिया है। वेश-भूषा, रहन-सहन से लेकर सूक्ष्म-भाव और चिन्तन तक सब कुछ उनके स्पर्श मात्र से असाधारणता पाता रहा है।

जीवन में प्रत्यक्ष पार्थिव से अव्यक्त सूक्ष्म तक ऐसा कुछ नहीं है जिसकी उपेक्षा से मनुष्य को सार-तत्त्व प्राप्त हो सके, इस सिद्धान्त को जितनी पूर्ण कसौटी सुमित्रानन्दन जी के जीवन में मिली है, उतनी अन्यत्र नहीं।

बदलती हुई सम-विषम परिस्थितियों में उन्हें नूतन सृजन की संभावनाएँ इस प्रकार संचालित करती हैं कि वे संघर्ष को भूल जाते हैं।

कॉलेज छोड़ने के किसी पूर्व निश्चय के बिना ही वे महात्मा गाँधी की सभा में पहुँच गए। और यदि भाई देवीदत्त जी की सूचना पर विश्वास किया जाय तो मानना

होगा कि उन्होंने ही पीछे से इनी कुहनी थाम कर इनका हाथ ऊँचा कर दिया। पर इन्हें वह परिवर्तन भी आमन्त्रण भरा लगा जिसमें नौकरी-चाकरी, ऊँचे पद आदि की कोई रेखा नहीं थी, केवल एक शून्य पट पर लेखनी अंकित थी।

आर्थिक दृष्टि से सम्पन्नता को ऊँची सीढ़ी से विपन्नता की अन्तिम सीढ़ी तक तो उन्होंने अनेक चढ़ाव-उतार देखे हैं। जिस अल्मोड़े में उनके कई मकान थे, वहीं किराये की छोटी काटेज में रहते हुए भी न उनकी हँसी मलिन हुई और न अभिमान आहत हुआ। वे किसी वीतराग दार्शनिक की तटस्थता की साधना नहीं कर रहे थे, वरन् उनकी स्थिति उस बालक से समानता रखती थी जो अपने घरौंदे के बनाने में जितना आनन्द पाता है मिटाने में उससे कम नहीं। परिवार का ढाँचा टूट गया था। साहित्य से कोई विशेष आय नहीं थी। इन्हीं परिस्थितियों में वे कई वर्ष कालाकाँकर में रहे। उनके क्षेत्र-संन्यास का अर्थ समझने के लिए जाकर मैंने उन्हें जिस उत्साह भरी स्थिति में पाया उसने मेरे प्रश्न को उत्तर बना दिया। टीले पर बनी अपनी उस कुटी का नक्षत्र नाम रखकर वे किसी नवीन सृजन की दिशा का अनुसन्धान करने में लगे हुए थे।

ग्रामीणों के कुतूहल और नागरिकों की हँसी सहकर भी अपने जिन केशों में हर घुमाव पर उनका ध्यान रहता था, एक दिन उन्हीं को काट फेंकना भी उनके लिए सहज हो गया। लम्बी अलकों को काट-छाँटकर हाफपैंट और कमीज में प्रसाधित, छड़ी की मूठ उँगलियों में दबाये जब वे मेरे यहाँ पहुँचे तब मुझे यह समझते देर नहीं लगी कि उन्हें कोई नया क्षितिज मिल गया है।

ग्राम्या, युगवाणी आदि में उन्होंने अपनी सद्यः प्राप्त यथार्थ-भूमि की सम्भावनाओं को स्वर-चित्रित करने का प्रयत्न किया है।

आज फिर वे अपने लम्बे गंगा-यमुनी केशों को लहराते हुए चिर-परिचित कवि-रूप में उपस्थित हैं। इसका अर्थ है कि उनकी अनन्त सृजन सम्भावनाओं का कोई त्योहार निकट है।

उनके लक्ष्य-खोजी मन के निरन्तर शर-सन्धान से उनका सुकुमार शरीर थक जाता हो तो आश्चर्य नहीं। लम्बी अस्वस्थताएँ इसी ओर संकेत करती हैं। एक बार वे क्षय के सन्देह में बहुत दिनों तक स्व० डॉ० नीलाम्बर जोशी के पास भरतपुर में रहे। कई बार टाइफाइड से पीड़ित होकर जीवन-मृत्यु की सन्धि में पड़े रहे। पर उनके मन और शरीर दोनों ने अपनी-अपनी सीमा में जिस इस्पाती तत्त्व का परिचय दिय है वह पराजय नहीं मानता।

व्यवहार में वे अत्यन्त शिष्ट, मधुरभाषी और विनोदी हैं। उनकी कोई बात किसी को किसी तरह की चोट न पहुँचा दे, इसका वे इतना ध्यान रखते हैं कि श्रोता सचमुच चोट की कल्पना करने लगे तो अस्वाभाविक न कहा जायेगा।

कवि पुत्र, परिवार का सबसे बेकार अंग माना जाता है। सुमित्रानन्दन जी ने कमाऊ सपूत बनकर सबके ललाट का लाञ्छन धो डाला है।

परिग्रह की दृष्टि से वे चिरकुमार सभा के आजीवन अध्यक्ष हो सकते हैं। आरम्भ में उनकी गृहस्थी के लिए परिस्थितियाँ बाधक रहीं और जब परिस्थितियों ने अनुकूलता दिखाई तब उनकी मानसिक सन्ततियों की अनन्ता ने उनका मार्ग रोक दिया। अच्छा है कि......

घने लहरे रेशम के बाल
धरा है सिर पर मैंने देवि
तुम्हारा यह स्वर्गिक उपहार।

कहकर उन्होंने अपनी भावी गृहिणी को मुक्ति दी। इस उदारता के लिए उन्हें, उस अलक्ष्य गृहिणी की ओर से सब महिलाओं को साधुवाद देना उचित है। जिसके पारे जैसे मन का साथ शरीर भी नहीं दे पाता उसके पीछे बेचारी गृहिणी कैसे दौड़ पाती। ऐसे चिर सृजनशील कलाकार चिरकुमार देवर्षि नारद की कोटि के होते हैं, जिनकी गृहस्थी बसने के क्षण में स्वयं भगवान तक बाधक बन बैठे थे।

●

आधुनिक युग साहित्यकार की चरम शक्ति-परीक्षा का काल रहा है। संघर्ष की इस झंझा ने विशाल जहाजों को तट पर ही पछाड़ कर तोड़ डाला; ऊँचे-ऊँचे शाल वृक्षों को झकझोर कर धरासात् कर दिया।

हममें से जो सबसे कोमल सुकुमार साथी था उसके लिए सबकी चिन्ता स्वाभाविक ही कही जाएगी। पर आँधी के थमने पर हमने देखा कि लचीले बेत के समान झुक कर उन्होंने तूफान को अपने ऊपर से बह जाने दिया है और अब वे नये प्रभात के अभिनन्दन के लिए उन्मुख खड़े हैं।

सुमित्रानन्दन जी की हँसी पर श्रम-बिन्दुओं का बादल नहीं घिरा हुआ है, वरन् श्रम-बिन्दुओं के बादल के दोनों छोरों को जोड़ता हुआ उनकी हँसी का इन्द्रधनुष उदय हुआ है।

□□

स्व० सियारामशरण गुप्त

जन्म—सन् १८९५ ई०　　　　निधन—सन् १९६३ ई०

श्री सियारामशरण गुप्त जी की हस्तलिपि

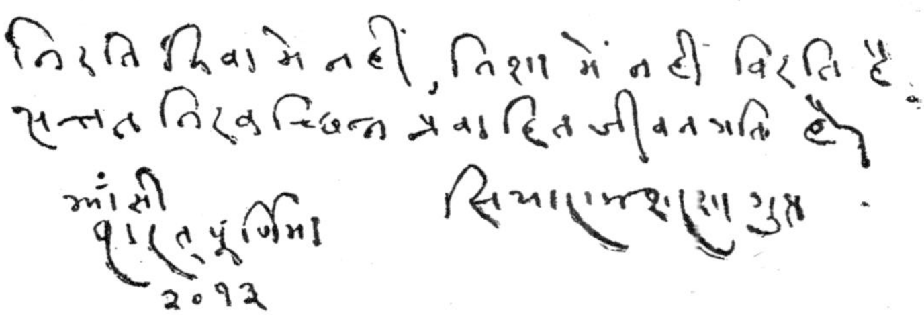

सियारामशरण गुप्त

कुछ नाटा कद, दुर्बल शरीर, छोटे और कृश हाथ-पैर, लम्बे उलझे रूखे-से बाल, लम्बाई लिये सूखे मुख, ओठ और विशेष तरल आँखों के साथ भाई सियारामशरण ऐसे लगते हैं मानो ठेठ भारतीय मिट्टी की बनी पकी कोई मूर्ति हो, जिसकी आँखों पर स्निग्धता का गाढ़ा रंग फेर कर शिल्पी, शेष अंगों पर फेरना भूल गया है। उनकी जन्मतिथि भाद्र पूर्णिमा है जब आकाश, अपनी बादलों की गीली जटाएँ निचोड़ता रहता है और धरती वर्षा-मंगल के पर्व-स्नान में भीगती रहती है। जान पड़ता है इसी भीगा-भीगी में सृजन के उतावले कलाकार की दृष्टि इस छोटी मूर्ति के रूखेपन पर नहीं पड़ सकी।

यदि आँखों में इतनी गहरी स्निग्ध तरलता न होती, तो इन्हें ऐसे सजल स्निग्ध दिन का विरोधाभास ही माना जाता।

वे शुद्ध खादीधारी हैं। वस्त्रों का वजन कहीं क्षीण शरीर से अधिक न हो जाय, इसी भय से मानो उन्होंने कम वस्त्रों की व्यवस्था की है। औरों की पाँच गज लम्बी और कम-से-कम बयालीस इंच चौड़ी धोती, इनके लिए तीन गजी और छत्तीस इंची हो जाती है, अतः इनके चरण स्पर्श का अधिकार उसके लिए दुर्लभ ही रहता है। शहराती कुर्ते से, ग्रामीण मिर्जई की अस्थायी सन्धि केवल बाहर जाते समय होती है। और चप्पलें तो असली चमरौधे की सहोदराएँ सी जान पड़ती हैं। इस वेश-भूषा के साथ जब वे थैला और छड़ी लेकर आविर्भूत होते हैं तब उनके साहित्य के विद्यार्थियों के सामने समस्या उठ खड़ी होती है कि वे इन्हें लेखक मानें या अपने मानस में इनके साहित्य से बनी कल्पना-मूर्ति को। सत्य तो यह है कि यदि कोई इन्हें इनके साहित्य का स्रष्टा न स्वीकार करे, तो इनके पास अपना दावा प्रमाणित करने के लिए बाहरी कोई प्रमाण नहीं।

परिवार में बड़े पुत्र को जिस अनुपात में सबका विश्वास प्राप्त होता है छोटे को उसी अनुपात में प्रेम। भाई सियाराम जी न अपने भाइयों में सबसे बड़े हैं न सबसे छोटे; पर उन्हें दोनों का सम्मिश्रण प्राप्त है। विश्वास उनके सबल विवेक के कारण और प्रेम उनके दुर्बल शरीर के कारण। शैशव में भी उनका स्वास्थ्य इतना अच्छा नहीं रहा कि वे अन्य बालकों के समान ऊधम मचाते। उन्होंने किसी को चोट पहुँचाई

यह किसी को स्मरण नहीं, उन्होंने स्वयं चोट खाई, यह उनको याद नहीं। बचपन में मन और शरीर की गतिमय एकता होती है। मन जितना चंचल होता है, शरीर भी उतना ही चंचल होना चाहता है। बालक की तोड़-फोड़ किसी नियम को तोड़ने के लिए न होकर मन की गतिशीलता की संगिनी मात्र है, पर जब शरीर साथ न दे सके, तब मन की प्रवृत्ति अकेली और कुंठित होकर और भीतर-ही-भीतर घूम कर श्रान्त होती रहती है। बहुत कुछ ऐसा ही भाई सियारामशरण जी के साथ घटित हुआ हो, तो आश्चर्य नहीं। वे कुशाग्र-बुद्धि और जिज्ञासु कम नहीं थे। अतः बाहर की सीमा से टकराकर लौटने वाले वृत्तियों ने भीतर-ही-भीतर विस्तार बढ़ाना आरम्भ किया होगा।

घर में कई भाभियाँ हैं; पर उनमें से किसी को इनके विनोद का स्मरण नहीं है। एक को उन्होंने रामायण पढ़ाने का यत्न अवश्य किया; पर वह क्रम भी इनसे चल नहीं सका।

किशोर होते-होते इन्हें पत्नी मिल गई थी और तरुणाई में श्वास का रोग प्राप्त हुआ। थोड़े-थोड़े समय के अन्तर से कई बालक नहीं रहे, असमय में ही पत्नी ने विदा ली। भाभियाँ कहती हैं कि इन्होंने अद्‌भुत संयम से यह वियोग-व्यथा झेली; पर यह विश्वास करना कठिन है कि यह संयम महँगा नहीं पड़ा होगा। ऐसे गूढ़ व्यक्तिगत दुःखों के अवसर पर बड़ों के सामने छोटों की स्थिति स्पृहणीय नहीं रहती।

बड़ों का, संयम की सब रेखाएँ पार कर रोना-धोना भी उनके दुःख की तीव्रता का माप ही माना जाएगा। पर उनके समक्ष छोटों का विलाप कलाप मर्यादा-भंग का पर्याय हो जाता है। मर्यादा पुरुषोत्तम राम सीता के विरह में लक्ष्मण से ही नहीं, हर लता, वृक्ष, पशु, पक्षी से अपनी मर्म व्यथा सुनाते चलते हैं। पर यदि इसी प्रकार लक्ष्मण अग्रज के सामने हर वृक्ष के नीचे बैठकर उर्मिला के नाम पर आँसू गिराते तो आदिकवि से लेकर राष्ट्रकवि तक सबकी प्रतिभा पलायमाना दिखाई पड़ती।

भाई सियाराम जी से सभी बड़े हैं। केवल चारुशीला शरण छोटे हैं, पर उन्होंने भी अंग्रेजी पढ़ाने के कारण परिवार में ही नहीं, बाहर भी मास्टर साहब का भारी-भरकम नाम भी पा लिया है। मैं स्वयं भी जब उस परिवार में बहिन का अधिकार लेकर पहुँची, तब न्यायतः मुझे सियारामशरण जी को बड़े भाई का गौरवपूर्ण पद देना चाहिए था। पर मैंने हठ किया कि अवस्था में बड़े होने पर भी इन्हें मैं छोटा भाई मानूँगी। ऐसी अन्यायपूर्ण माँग का भी उनसे विरोध न बन पड़ा और मैंने जीजी बनकर उन्हें अनुजता के जिस सोपान पर अधिष्ठित कर दिया है, उससे वे रंचमात्र भी इधर-उधर नहीं खिसकते।

उनका संयम मुझे उस जल का स्मरण करा देता है जिसे किसी रन्ध्र से उष्णता न मिलने पर बर्फ बन जाना पड़ता है और तब उसकी बही-बही फिरने वाली तरलता को हथोड़ों की चोट भी कठिनता से भंग कर पाती है।

विवाह योग्य वयस रहते हुए भी और सन्तान रहित होने पर भी उन्होंने पुनर्वार मंगल-कंकण बाँधना स्वीकार नहीं किया। उस समय समाज में ऐसे सुयोग्य वर की विधुरता किसी भी कन्या के पिता को चैन नहीं लेने दे सकती थी। घर में भी दूसरे-तीसरे विवाह से प्राप्त भाभियाँ थीं। केवल श्वास-रोग परिणय में बाधक बना, यह मान लेना भी कठिन है। मैंने तो 'विषाद' की पंक्तियाँ पढ़कर यही माना है कि अपनी बाल संगिनी पत्नी को उन्होंने अपने हृदय का समस्त स्नेह ऐसी निष्ठा के साथ समर्पित किया था कि उसे लौटा लेना, दोनों देने वाले लेने वाले का अपमान बन जाता।

अनाद्यन्त वह प्रेम कहाँ से तुझे हुआ था प्राप्त,
तेरा पता नहीं, पर वह है चिरकालिक असमाप्त (विषाद)

लहर जब तट से टकराती है तब वहीं बिखर कर और समाप्त होकर अपनी यात्रा का अन्त कर लेती है। पर वही लहर जब दूसरी लहर से टकरा जाती है तब दोनों प्रवाह की परम्परा में एक होकर अनन्त लक्ष्य पा लेती है।

मानवीय सम्बन्धों में भी यही सत्य है। जब एक का मनोराग दूसरे की पार्थिवता मात्र से टकराकर बिखर जाता है तब शरीर के बाहर उसकी गति नहीं है। पर जब एक की चेतना दूसरे की चेतना के साथ प्रगाढ़ सम्पर्क में आती है, तब उसकी यात्रा अनन्त है। भाई सियारामशरण जी के सभी सम्बन्धों में यह विशेषता मिलेगी जो अनाद्यन्त होने के कारण अनिर्वचनीय निष्ठावती है।

महामानव बापू से उनका सम्बन्ध भी इसी को प्रमाणित करता है। कोई उनके व्यक्तित्व के जादू से खिंचता चला आया और किसी को उनके कर्म की झंझा उड़ा लाई। किसी ने उनके दर्शन में अपने विचारों को धोकर उज्ज्वल किया और किसी ने उनकी भावना में अपनी वृत्तियों को रँग-रँग कर इन्द्रधनुषी बनाया। पर ऐसे व्यक्तियों की संख्या कम रही, जिन्होंने उन्हें जन-जन में बिखरी मानवता का, पुंजीभूत विराट मानकर, अपने आपको मानव के नाते उनका आत्मीय और अविच्छिन्न अंश समझा। अपने शरीर की मांसलता चीर कर उसमें सोना-हीरा भर कर उसे सुरक्षित कहीं ले जाने वालों की जो कथाएँ सुनी जाती हैं, वे मानसिक जगत के लिए भी सत्य हैं। जैसे मूल्यवान विजातीय द्रव्य छिपाने वाला शरीर, आहत होने के अतिरिक्त और

कोई महार्घता नहीं पाता, वैसे ही स्वभाव से अनमिल रहकर कोई उदात्त विचार या भाव हमारे मानसिक जगत को समृद्ध नहीं करता। भाई सियाराम जी ने इस सत्य को विचार-जगत में ही नहीं, व्यवहार जगत में भी परखा है। उन्होंने जिसे ग्रहण योग्य माना उसे अपने सम्पूर्ण अस्तित्व-निवेदन के साथ अंगीकार किया और जिसे अपने अस्तित्व में मिलाना उचित नहीं समझा उसके विशाल अस्तित्व-समर्पण को भी अस्वीकार किया। यही उचित भी है।

जल की धारा को विशाल शिलाओं के साथ जिस छोटे निजत्व की आवश्यकता है उसकी समुद्र के साथ नहीं। एक में निजत्व खोना अपना अस्तित्व खोना है और दूसरे में उसे बचाना, अपने विराट होने की सम्भावना खोना है।

उनके पास मिश्री की डली हो चाहे लवण खंड; दोनों ही जीवन के तल में बैठकर और घुलकर जीवन-रस बन गये हैं। पानी पर तेल की बूँद की तरह तैरता-उतराता फिरे ऐसा न राग उनके पास है न वैराग्य, न ज्ञान है, न अहंकार।

शिक्षा के चक्रव्यूह में मिडिल के अतिरिक्त किसी अन्य द्वार का प्रवेशमंत्र उन्हें प्राप्त नहीं हो सका। पर हाईस्कूल, इंटर कालेज, विश्वविद्यालय, मास्टर, लेक्चरर, प्रोफेसर आदि-आदि की, सात समुद्रों से भी गहरी सहस्त्रों खाइयों के पार जो सरस्वती बैठी थी, उसके चरण तक उन्होंने अपनी विनय पत्रिका बुद्धि की तीर में बाँधकर न जाने कैसे पहुँचा दी। और आज जब हम उनके ज्ञान-भंडार को देखते हैं तो पछतावा होने लगता है कि हम इन खाइयों में वर्षों क्यों डूबते-उतराते रहे।

उनका साहित्य पढ़कर ऐसा लगता है कि यदि उन्हें महात्मा गाँधी का निकट सम्पर्क कुछ कम प्राप्त होता तो वे इससे अच्छे कवि होते और यदि उन्हें कवीन्द्र के साहित्य का परिचय कम मिला होता तो वे इससे बड़े साधक होते।

दो ध्रुवों पर स्थित महान साधक और महान कवि दोनों ने अपने-अपने वरदान इस प्रकार भेजे हैं कि शिव और सुन्दर इनके जीवन से अपना-अपना दायभाग अलग-अलग माँगते रहते हैं। दोनों की सन्धि कराने में ही इनकी शक्ति का अधिकांश व्यय होता रहता है।

फर्श पर एक ओर पुस्तकों की पंक्तिबद्ध सेना और दूसरी ओर चीन की दीवार की तरह शीशियों और डिब्बों के प्राचीर के बीच में कभी बैठे; कभी लेटे हुए भाई सियारामशरण जी का चित्र देना सहज नहीं है। उस चार फुट चौड़े और छः फुट लम्बे आयतन में, जीवन और व्याधि के कितने ही संघर्ष होते हैं, कितने ही हर्ष-विषाद के क्षण आते-जाते हैं, कितने ही एकान्त और कोलाहल बनते-मिटते हैं और कितने ही

तर्क और विश्वास के संगम होते रहते हैं।

बचपन में एक बार वे दीवार में बनी अल्मारी की भीतर तपस्या करने के लिए समाधि की मुद्रा में बैठ गये थे और उनके साथी अल्मारी के दरवाजे बन्द करके चल दिये थे। भाग्य से वे शीघ्र ही निकाल लिए गए, अन्यथा तपस्या बहुत महँगी पड़ जाती। पर आज भी उन्हें देखकर ऐसा लगता है मानो जीवन ने उनके हृदय की तरल ज्वाला को किसी बिल्लौरी परिवेश में बन्द कर दिया है जिसमें से आलोक सब पाते हैं, पर जलना उन्हीं का अधिकार रह गया है। सच्चे अर्थ में उन्हें कुछ देना सम्भव नहीं है, पर पाना सम्बन्ध की शपथ हो जाती है।

हमारे युग के महाकवि के इस अनुज की कथा अपनी स्पष्टता में भी रहस्यमयी है। वट-वृक्ष जैसे ज्येष्ठ के साथ उनकी दो ही स्थितियाँ सम्भव थीं—एक तो ऐसी अमरवेलि हो जाना जो किसी की छाया नहीं स्वीकार करती पर अपने अस्तित्व की रक्षा के लिए अपने आश्रय का अस्तित्व क्षीण करती चलती है और दूसरे छाया-जीवी छोटा पौधा बन जाना जिसके निकट बड़े वृक्ष का सहारा जड़ता और अन्धकार का दूसरा नाम है। भाई सियाराम जी ने अपने अग्रज की छाया को सम्पूर्ण निष्ठा के साथ स्वीकार किया, पर उसके अंतराल से आकाश पाने का ऐसा रन्ध्र निकाल लिया जिससे प्रत्येक प्रभात की किरण उन्हें नवीन कोण से स्पर्श करती है और प्रत्येक सन्ध्या नया रंग ढालती है। उनके विचार, साहित्य और साधना में कहीं अनुकरण नहीं है। कभी-कभी तो अति परिचित और अतिसाधारण वस्तुओं, व्यक्तियों तथा घटनाओं को वे ऐसे दृष्टिबिन्दु से देखकर उपस्थित करते हैं कि सुनने वाला विस्मित हो जाता है।

वे परिग्रह हीन हैं, उन्हें रोग से निरन्तर जूझना पड़ता है और वे सत्य के खोजी हैं। ये तीनों ही परिस्थितियाँ ऐसी हैं जिनमें मनुष्य के कटु, विरक्त या उदासीन हो जाने की सम्भावना रहती है। पर भाई सियाराम जी में छिपा कवि अपराजेय स्रष्टा है। उन्होंने अपनी विविध बाधाओं से संघर्ष करके उन पर वैसी ही जय प्राप्त की है जैसी एक मूर्तिकार किसी अनगढ़ और कठिन शिला पर, एक गायक अनमिल स्वरों पर और एक चितेरा विषम रेखाओं पर प्राप्त करता है।

कविता सबसे बड़ा परिग्रह है क्योंकि यह विश्व मात्र के प्रति स्नेह की स्वीकृति है। वह जीवन के अनेक कष्टों को उपेक्षा योग्य बना देती है, क्योंकि उसका सृजन स्वयं महती वेदना है। वह शुष्क सत्य को आनन्द में स्पन्दित कर देती है, क्योंकि अनुभूति स्वयं मधुर है। भाई सियाराम जी पहले कवि हैं फिर उपन्यासकार तथा निबन्धकार, अतः कवि के सब वरदान उनके हैं। संसार की सभी कथाओं के प्रति

उनकी बच्चों जैसी कुतूहल भरी जिज्ञासा रहती है चाहे वह कथा टिटिहरी की हो चाहे ब्रह्मज्ञान की। किसी के पैर की आहट कान में पड़ते ही उनकी तरल आमन्त्रणा भरी आँखों में कौतूहल छलक आता है।

कथा सुनने वाला बालक जैसे हर घटना में फिर...... फिर की टेक लगाता चलता है उसी प्रकार वे भी सब कथाओं को जिज्ञासा के अटूट सूत्र में पिरोते रहते हैं। अस्वस्थ और दुर्बल शरीर के कारण उनके लिए न अधिक यात्राएँ सम्भव हैं और न पास-पड़ोस में अधिक आना-जाना, पर उनके उसी एकान्त कोने में न जाने कितने चल-चित्रों का प्रदर्शन होता रहता है। वे वहीं बैठकर सब कुछ जान ही नहीं लेते, सहानुभूति का आदान-प्रदान भी कर लेते हैं।

अस्वस्थ की वह खीझ, जो कर्म-संकुल जीवन से उसके अलगाव की सूचना है, उनके पास नहीं फटक सकती, क्योंकि वे जीवन के कोलाहल में बैठकर रोग को चुनौती देते हैं। इसी से उनकी सहानुभूति की सजलता में आत्मविश्वास की दीप्ति है।

उनकी उच्छल सरलता के नीचे दृढ़ता की जो चट्टान है उसका पता तो किसी मानसिक द्वन्द्व के अवसर पर ही चलता है। महात्मा गाँधी के प्रति उनकी एकान्त निष्ठा से सभी परिचित हैं, पर उनके साथ भी हिन्दी का प्रश्न लेकर वे कोई समझौता नहीं कर सके। नीति उनके निकट विवेक का दूसरा नाम है, अतः उनके निष्कर्ष निर्विवाद रहते हैं। घर बाहर सब जगह उन्हें बापू सम्बोधन ही नहीं मिलता, उस नाम को घेरने वाला स्नेह और विश्वास का वातावरण भी मिलता है।

मनुष्यता की विजय-यात्रा के लिए ऐसे ही पथिकों की आवश्यकता होती है जिनका ध्यान पथ के काँटों और पैर की चोटों की ओर न जाकर गन्तव्य में केन्द्रित रहे। उस यात्रा के पंचांग में क्षण से वर्ष बनाने वाली साँसों का नाम है 'शून्य' और लक्ष्य निकट लाने में मिटी हुई साँस के क्षण का नाम है 'अनन्त जीवन'।

जीवन की सीढ़ियाँ ऊँचाई की ओर भी जाती हैं और नीचे की ओर भी। जो ऊपर की ओर चलता है वही सबकी दृष्टि का केन्द्र बन सकता है। नीचे की ओर जाने वाला तो किसी अज्ञात पाताल में दृष्टि से ओझल हो जाता है।

भाई सियारामशरण जीवन के लक्ष्य को निकट लाने के लिए ही अपनी साँसों का उपयोग करते हैं। वे ऊर्ध्वगामी होने के कारण हमारी दृष्टि का केन्द्र रहे हैं।

उनका साहित्य पंक का कमल न होकर उनके दुग्धोज्ज्वल चरित्र का स्वच्छ परिचय है।

□□